Louis Calaferte

TU AS BIEN FAIT DE VENIR, PAUL

PIECE EN UN ACTE

Texte et documents

Présentation et notes
par Charles Desbordes et Friedrich Klotz

Ernst Klett Stuttgart

Herausgegeben von Charles Desbordes, agrégé de l'Université, Strasbourg, und Oberstudienrat Friedrich Klotz, Idstein, unter Mitwirkung der Verlagsredaktion Neue Sprachen.
Mitarbeit an diesem Werk: Gérard Hérin und Dr. Hartmut K. Selke, Verlagsredakteure.

Tonträger
Compact-Cassette, Klettnummer 59677, Laufzeit ca. 81 Minuten

ISBN 3-12-596700-7

1. Auflage 1 5 4 3 2 1 | 1987 86 85 84 83
Alle Drucke dieser Auflage können im Unterricht nebeneinander benutzt werden.
Die letzte Zahl bezeichnet das Jahr dieses Druckes.

Bildquellen: Louis Calaferte (Umschlaginnenseite),
Photo Lipnitzki-Viollet, Paris (S. 48).
Umschlaggestaltung: Hans Lämmle, Stuttgart.
Druck: Gutmann + Co., Heilbronn. Printed in Germany.

Table des matières

Louis Calaferte: Notice biographique

Louis Calaferte est né le 14 juillet 1928 à Turin, de parents italiens. Au cours de cette même année, ses parents quittent l'Italie pour aller s'installer en France, dans la banlieue de Lyon. Louis Calaferte connaît une enfance malheureuse et difficile dans la «zone», la grande banlieue lyonnaise. Il évoquera cette enfance, sur un ton d'une extrême violence, dans son premier livre, *Requiem des innocents,* publié en 1952. Ce roman largement autobiographique, qui fit sensation par sa véhémence, amènera la critique à parler de la naissance d'un nouveau Céline, voire d'un nouveau Zola.

Après avoir exercé, de 1942 à 1946, différents emplois de manutentionnaire et de manœuvre en usines, Calaferte «monte» à Paris avec la ferme intention de devenir écrivain. Mais c'est un échec complet et il est contraint de vivre dans des conditions matérielles extrêmement difficiles.

De retour à Lyon, il connaît enfin le succès avec la parution du *Requiem.* Un an plus tard, il publie un second roman, *Partage des vivants* (1953). Puis, c'est le silence. Un silence qui durera dix ans. Au cours de cette période, Louis Calaferte retournera vivre à Paris, dans l'espoir de devenir comédien, puis réintégrera la région lyonnaise où il sera reporter et producteur à l'O.R.T.F.

De 1963 à 1976, il fait paraître une dizaine d'ouvrages qui révèlent un Calaferte «nouvelle manière». Ces livres, dont le genre est difficile à définir, – ils sont à la fois des romans, des essais et des poèmes –, conduisent la critique à comparer leur auteur à Kafka et à Beckett.

Parallèlement, à partir de *Chez les Titch* (1971), Calaferte s'est tourné vers le théâtre, publiant huit pièces dont quatre: *Chez les Titch, Trafic, Les miettes* et *Tu as bien fait de venir, Paul* ont été réunies récemment (en 1980), sous le titre de «Théâtre intimiste», dans un volume publié aux Editions Stock. Le *leitmotiv* qui constitue le lien entre ces quatre pièces, c'est l'univers de la cellule familiale.

Le théâtre de Louis Calaferte joue un rôle extrêmement important dans la production théâtrale actuelle en France.

TU AS BIEN FAIT DE VENIR, PAUL

PIECE EN UN ACTE

Les personnages:
Georges
Paul

L'endroit où vit Georges. Dans un immeuble probablement quelque peu vétuste, c'est une grande pièce qui sert à la fois de lieu où il mange et dort. Un lit, une petite penderie, un fauteuil et un guéridon de rotin, deux chaises encombrées de vêtements qu'on a jetés là. Un certain désordre qui tient à la négligence d'un homme qui vit seul. Une porte-fenêtre est ouverte sur une sorte de loggia donnant sur la cour. Une autre porte ouverte laisse apercevoir l'amorce d'une minuscule cuisine. A côté de celle-ci, l'amorce du couloir qui donne sur la porte d'entrée.
Les jambes allongées, les yeux fermés, comme s'il somnolait, Georges est assis dans le fauteuil de rotin sur le seuil de la loggia. A sa droite, près de lui, sur le guéridon, ses cigarettes, un cendrier, un livre et un mouchoir. Georges est vêtu d'une chemise déboutonnée sur sa poitrine et d'un pantalon de pyjama. Il est en savates. Temps. D'un geste machinal, il attrape le mouchoir avec lequel il s'éponge le front, le visage, le cou, la poitrine, les aisselles. Il jette ensuite le mouchoir sur le guéridon. C'est le début d'une soirée d'un jour d'été. On frappe à la porte. Georges se redresse sans précipitation, la tête tournée vers le couloir de l'entrée. Instinctivement, il ramène sa chemise sur sa poitrine.

2 **vétuste** vieux – 3 **une penderie** meuble où l'on pend des vêtements – **un guéridon** petite table ronde, à pied central unique – **le rotin** matériau léger qu'on utilise, sous forme d'éléments entrecroisés, pour fabriquer des chaises, des fauteuils, etc. – 4 **encombré, e de** où il y a trop de – 5 **qui tient à** dont la cause est – **la négligence** défaut de celui qui est peu soigneux, peu exact – 7 **l'amorce d'une cuisine** *f; ici*: décor représentant une partie d'une cuisine – **minuscule** très petit – 9 **somnoler** dormir à demi – 10 **sur le seuil de** devant la porte de – 12 **déboutonné, e** ouvert, dont on n'a pas fermé les boutons – 13 **une savate** vieille pantoufle – 14 **s'éponger le front** se passer un mouchoir sur le front, parce qu'on transpire – 15 **l'aisselle** *f* creux au-dessous de l'épaule, entre le bras et le torse – 17 **sans précipitation** *f* sans hâte, sans se presser

Georges Qu'est-ce que c'est?

Paul *(voix off dans le couloir de l'entrée)* C'est moi, Paul.

Georges Ah, c'est toi ... Entre, fiston, entre, c'est ouvert.

Paul apparaît. Georges se lève à demi dans son fauteuil.

Paul Ne bouge pas, ne bouge pas, reste assis.

Georges Je me demandais qui ça pouvait être ... Un dimanche ... A cette heure-là ...

Il se rassied. Leur dialogue se ressent d'une petite gêne mutuelle.

Paul Je viens un peu tard ...

Georges Non, je ne faisais rien ... Tu vois, j'étais là ...

Paul Je ne te dérange pas, au moins?

Georges Toi, me déranger? Qu'est-ce que tu racontes? ... Non, c'est plutôt que je m'étais mis à mon aise, tu m'excuseras ... Avec cette chaleur ...

Paul Tu as bien fait.

Georges Par ce temps-là, je n'ai plus de forces ...

Paul Ça, on peut dire qu'il aura fait chaud cet été.

Georges Aujourd'hui, ça a été pire que les autres jours ... Je laisse tout ouvert, j'essaie de faire du courant d'air avec la cuisine et la porte d'entrée, mais rien à faire, il n'y a pas un brin d'air.

Petit temps. Paul observe la sonnette placée au-dessus de l'entrée du petit couloir.

Paul Ta sonnette ne marche plus?

Georges Ah, tu as sonné? ... Oui, je ne sais pas ce qu'elle a, ça fait déjà un moment qu'elle déraille ...

Paul Il faudrait regarder ...

Georges Oui, il faudra que je me décide à voir ce que c'est, un de ces jours ...

Paul continue d'observer la sonnette et cela lui fournit peut-être une contenance.

2 **voix off** *f* voix d'une personne qui n'est pas sur la scène – 3 **le fiston** *fam* le fils – 8 **leur dialogue se ressent d'une gêne** ... dans leur dialogue, on sent une gêne ... – 9 **mutuel, le** qui est éprouvé par l'un et par l'autre – 21 **il n'y a pas un brin d'air** *fam* il n'y a pas un souffle d'air, de vent – 26 **dérailler** *fam* fonctionner mal – 30 **cela me fournit une contenance** cela me permet de cacher mon trouble, mon embarras – 35 **des fois** *fam* quelquefois, parfois – 36 **s'encrasser** devenir sale – 37 **se**

Paul C'est peut-être juste un fil ... Un mauvais contact ...

Georges Ce qu'il faut dire, c'est qu'elle n'est pas toute neuve non plus ...

Paul Des fois, ce n'est rien ... Il suffit d'un nettoyage ... Ça s'encrasse ...

Georges Il faut bien que ça finisse par se détraquer, c'est comme tout.

Paul On a eu ça, à la maison, il n'y a pas longtemps.

Georges Il n'y a pas que chez moi, alors ...

Paul J'ai fini par la démonter, je n'ai rien trouvé. J'ai pensé que ça pouvait être les vibrations de la rue qui avaient dû déplacer les fils.

Georges Tiens? ...

Paul C'est ce que je me suis dit, maintenant, c'était peut-être autre chose ...

Georges Ah, ça se peut ... La trépidation ...

Paul Janine me l'avait dit plusieurs fois, mais je n'avais pas eu le temps de regarder tout de suite, ça fait qu'on est resté sans sonnette pendant un bout de temps. C'est surtout elle que ça gênait, elle est à la maison toute la journée.

Georges Oh, moi, ça ne me dérange guère. Pour ce qu'il vient de monde ici ...

Paul Oui, mais enfin quand même ... *(Il jette encore un coup d'œil sur la sonnette.)* Il faudra que je voie ça de près ... Je ferai un saut ... J'apporterai ce qu'il faut.

Georges A l'occasion, si tu veux.

Petit temps.

Paul Du coup, je ne t'ai même pas dit bonjour. *(Paul vient embrasser son père.)*

Georges Je ne me suis pas rasé aujourd'hui. Le dimanche ...

Paul Oui, moi aussi, le dimanche, souvent ...

Georges Et puis, je ne sais pas, je me suis levé tard ce matin, j'ai traîné ...

Paul Tu n'as rien de spécial à faire.

détraquer cesser de bien fonctionner – 41 **déplacer qc** le faire changer de place – 46 **la trépidation** tremblement rapide, énergique – 49 **pendant un bout de temps** pendant un certain temps – 51 **pour ce qu'il vient de monde ici** *fam* avec le peu de gens qui viennent ici – 55 **faire un saut chez qn** passer chez lui et ne pas y rester longtemps – 58 **du coup** à cause de cela *(à cause de leur conversation concernant la sonnette)* – 63 **traîner** ne pas faire grand-chose, ne pas avoir d'occupations précises

Georges Ce n'est pas encore tellement ça, on trouve toujours à s'occuper un peu, mais c'est plutôt qu'avec cette chaleur je n'arrive pas à m'endormir de bonne heure, alors le matin, forcément …

Paul Ça te fait du bien, ça te repose.

Georges Je ne peux pas dire que je me fatigue, mais j'ai remarqué que je me lève moins facilement que dans le temps.

Paul Il y a des périodes où on dort plus, des périodes où on dort moins.

Georges Autrefois, j'étais plutôt du matin.

Paul Moi aussi, je suis comme toi. Même si je me couche plus tard, le matin je me réveille à la même heure.

Georges Tandis que moi, maintenant, j'ai du mal … C'est-à-dire, il n'y a plus rien qui m'oblige …

Paul Oui, ça compte, ça.

Georges Je me réveille toutes les nuits vers quatre heures, quatre heures et demie, je ne sais pas pourquoi, et puis je me rendors, et alors là …

Petit temps.

Paul Mais ça va, oui?

Georges Oui, oui, ça va. Ça va bien. A part qu'il fait chaud.

Paul Par ce temps-là, il faudrait pouvoir aller quelque part, changer un peu d'air …

Georges Oh, tu me diras que je n'ai pas tellement envie de bouger.

Paul Non, mais ça ne fait rien, il ne faut pas prendre l'habitude de s'encroûter non plus, ce n'est pas bon …

Georges J'ai mon train-train, je suis bien comme ça … Tant que je ne serai pas plus malheureux, je ne serai pas à plaindre … *(Temps très bref.)* Il y a beaucoup de gens de la maison qui sont partis depuis le début du mois.

Paul Chez nous aussi.

4 **forcément** inévitablement, de façon nécessaire – 7 **dans le temps** *fam* autrefois – 10 **être du matin** avoir l'habitude de se lever tôt – 24 **tu me diras que** … j'avoue que …, je dois dire que … – 25 **ça ne fait rien** *fam* quand même – 26 **s'encroûter** devenir paresseux, agir par pure routine – 27 **le train-train** *fam* les habitudes, l'ensemble des petites choses que l'on refait chaque jour – 33 **bof** *fam* exclamation

Georges	Vous ne partez pas, vous, cette année?
Paul	Non, bof ... On avait bien pensé aller un peu chez les parents de Janine, et puis ...
Georges	Elle va bien?
Paul	Oui, oui, très bien.
Georges	Eh bien, tant mieux.
	Petit temps.
Georges	Je pourrais bien me remuer un peu ... Je suis là, dans ce fauteuil ...
Paul	Non, reste, reste, je ne fais que passer ...
Georges	Je ne m'attendais pas à te voir ...
Paul	Je me suis dit que j'allais venir faire un tour ...
Georges	Ça me fait plaisir.
Paul	*(après un temps très bref)* Je viendrais plus souvent, mais tu sais ce que c'est ...
Georges	Oui, ah ben, tu as ton travail, ta femme ... On ne fait pas toujours ce qu'on veut non plus, hein ... Ça marche, ton travail?
Paul	Ça marche. Je n'ai pas à me plaindre.
Georges	C'est déjà ça.
Paul	Oui.
	Petit temps.
Paul	En venant, j'ai vu qu'ils ont démoli la quincaillerie?
Georges	Ah, oui, oh, ça fait déjà une bonne quinzaine qu'ils sont là-dessus. Je suis allé y jeter un coup d'œil, l'après-midi, de temps en temps. Ils ont de ces engins, c'est quelque chose! Ils te font sauter n'importe quoi, il n'y a rien qui résiste. Et pour les murs, c'est pareil, la boule, là, tu sais, au bout d'une grue, je ne sais pas si tu en as déjà vu?

qui marque la résignation, le manque d'intérêt – 43 **venir faire un tour chez qn** *fam* passer chez lui – 51 **c'est déjà ça** *fam* c'est déjà pas mal – 54 **une quincaillerie** magasin qui vend des objets et ustensiles de métal (clous, outils, casseroles, etc.) – 55 **une bonne quinzaine** *fam* un peu plus de quinze jours – 57 **un engin** une machine – **faire sauter qc** *fam* le démolir – 59 **une grue** machine servant à soulever, au bout d'un câble, les charges très lourdes

Paul Oui, oui.

Georges Ils te balancent ça dans la façade, floc! Deux, trois coups, tu as tout un pan qui dégringole, ça ne fait pas un pli! *(Temps très bref.)* C'est impressionnant à voir.

Paul C'est l'outillage moderne.

Georges Et pour creuser, ils ont de ces pelles, ça t'arrache tout ce qu'on veut! Des machines comme ça, ça doit coûter cher.

Paul Ce sont des entreprises qui ont les reins solides.

Georges Ils ont intérêt. Le matériel qu'il y a là-dessus ... *(Temps très bref.)* Il paraît qu'ils vont faire une banque, à la place.

Paul Ah, bon?

Georges On m'a dit ça.

Paul Petit à petit, ça se transforme ...

Georges C'est comme sur la place, ils ont ouvert un restaurant.

Paul Où? Du côté du fleuriste?

Georges Non, non, de l'autre côté. Du côté de la pharmacie. L'ancienne mercerie, tu vois où elle était? Il y avait longtemps que c'était vendu, eh bien maintenant il y a un restaurant. Ils ont ouvert juste avant l'été ... Fin mai.

Paul Je ne passe jamais par là pour venir, je prends par l'avenue.

Georges Ça a l'air bien ... J'ai regardé le menu en passant, une fois ou deux. Dedans, ils ont bien arrangé, c'est moderne.

Paul Ça ne doit pas être très grand, la mercerie c'était une petite boutique.

Georges Moi, à mon avis, ils ont dû s'agrandir par-derrière, parce que la salle a l'air d'être en longueur. Enfin, je ne l'ai vu qu'à travers les rideaux.

Temps très bref.

Paul Remarque, ça peut marcher. Il n'y avait pas de restaurant dans le quartier?

2 **balancer** *fam* lancer, envoyer – 3 **un pan (de mur)** une partie d'un mur – **dégringoler** *fam* tomber – **ça ne fait pas un pli** *fam* cela se fait sans difficulté, on peut être sûr du résultat – 5 **l'outillage** *m* l'ensemble des outils, des machines – 6 **une pelle (mécanique)** machine qui sert à enlever de la terre, de grosses pierres, etc. – 8 **avoir les reins solides** *fig* disposer d'un capital important – 9 **ils ont intérêt (à avoir les reins solides)** *fam* il le faut, ça vaut mieux pour eux – 13 **petit à petit** peu à peu – 17 **une mercerie** magasin où on peut acheter des articles pour les

Georges Si, il y a le petit du bout, mais, enfin, c'est plutôt un café qu'un restaurant, ils ont surtout des habitués, à midi, les gens qui travaillent par là. Le soir, ils ne font pas grand-chose. Je ne sais même pas s'ils sont ouverts, je n'ai jamais l'occasion de voir, je ne suis pas dehors, le soir ... Tandis que le nouveau, sur la place, c'est quand même autre chose.

Paul Si c'est bon, les gens se le disent, on a vite fait d'amener du monde.

Georges Tu penses bien que ceux qui ont pris ça doivent savoir ce qu'ils font.

Paul Il suffit de se faire une clientèle.

Georges Le menu a l'air bien.

Paul C'est cher?

Georges Oh, je ne sais plus au juste, mais enfin non, j'ai vu, c'est les prix, quoi.

Petit temps.

Paul Un jour où je serais dans le quartier, on pourrait y aller tous les deux pour voir ...

Georges Si un jour tu passes, pourquoi pas?

Petit temps.

Paul Il faudrait qu'on se donne rendez-vous un jour ...

Georges Oui, par exemple ...

Petit temps.

Georges *(presque candidement)* Ça fait un moment que je ne suis pas allé au restaurant ...

Paul Oh, nous non plus, tu sais ... La plupart du temps, une fois rentré, le soir, je ne suis plus très chaud pour ressortir.

Georges Il vaudrait autant un dimanche, ou en fin de semaine ...

Paul Oui, ça m'irait mieux.

travaux de couture (fil, boutons, etc.) – 32 **les habitués** les clients qui viennent régulièrement – 33 **faire** gagner (de l'argent) – 41 **la clientèle** l'ensemble des clients – 45 **c'est les prix** *fam* ce sont les prix normaux, habituels – 54 **candidement** naïvement – 57 **je ne suis plus très chaud pour** je n'ai plus tellement envie de – 58 **il vaudrait autant un dimanche** en ce cas, il est peut-être préférable d'y aller un dimanche

Temps.

Georges Quelle chaleur …

Paul Oui …

Petit temps.

Georges Tu ne t'assieds pas?

Paul Je ne vais pas rester.

Georges Ah bon.

Paul Et puis, il commence à se faire tard … Si tu veux te coucher …

Georges Oh, avec cette chaleur, je ne suis pas encore au lit. Si ce n'est que pour moi, tu ne me gênes pas, au contraire. Vers minuit, il y a un peu de fraîcheur, je ne me couche guère avant.

Paul ne sait que faire, puis il se décide.

Paul Remarque, j'ai bien une minute … Je peux prendre la chaise, là?

Georges Oui, oui, bien sûr … Mets les choses sur le lit … Tu veux que je te la débarrasse?

Paul Non, ne te dérange pas, je vais le faire.

Paul débarrasse la chaise des vêtements qui l'encombrent.

Georges Il faudrait que je range un peu … Ça fait plusieurs jours que je me le dis, et puis je laisse traîner.

Paul amène la chaise près de son père, de l'autre côté du guéridon.

Paul Il te faudrait quelqu'un pour le ménage.

Georges Non, ça va … C'est plutôt que ces temps-ci je n'étais pas bien en train, sinon je m'en tire, ce n'est pas un bien gros travail. Quand je m'y mets, je fais tout à fond, comme ça ça dure un moment. Tout seul, on ne salit pas beaucoup … C'est surtout le désordre … Il faudrait ranger au fur et à mesure, seulement, ça ne me dit pas toujours.

13 **Remarque, …** Bon. Finalement, … – 18 **encombrer qc** occuper trop de place dans ou sur cette chose – 20 **laisser traîner (ses affaires)** ne pas les ranger – 25 **en train** en forme – **s'en tirer** se tirer d'affaire – 26 **s'y mettre** commencer, se mettre au travail – 28 **ranger des choses au fur et à mesure** ranger chacune d'elles au moment où il le faut, ne pas les laisser traîner – 29 **ça ne me dit pas toujours** je n'en

Paul: Et pour ton linge, tu as toujours cette dame?

Georges: Mme Dunand, oui. Elle vient le chercher et elle me le rapporte. Je n'ai même pas à m'en occuper. Pour ça, elle est très gentille, c'est une très brave femme. Et puis, je lave des bricoles, de temps en temps.

Paul: Enfin, s'il y avait la moindre des choses, tu n'aurais qu'à me le dire …

Georges: Bien sûr …

Petit temps.

Georges: Je ne t'offre rien?

Paul: Non, merci.

Georges: Bien vrai?

Paul: Bien vrai.

Petit temps. De la poche-revolver de son pantalon, Paul sort son portefeuille dans lequel il prend une enveloppe.

Paul: Je t'ai apporté ta petite enveloppe.

Georges: Il ne fallait pas venir pour ça …

Paul: Je ne suis pas venu exprès, ça se trouvait comme ça … J'avais un moment, j'en ai profité.

Georges: Je te remercie.

Paul: Penses-tu …

Paul tient toujours l'enveloppe à la main. On devine qu'elle leur procure à tous deux une gêne sensible.

Paul: Je suis un peu en retard depuis le mois dernier …

Georges: Surtout, il ne faut pas que ça te gêne, Paul.

Paul: Non, non, mais j'ai eu des choses à régler, alors …

Georges: Moi, ça va, tu sais, je ne manque de rien … Si tu es un peu serré en ce moment …

Paul: Tout va bien, tout va bien, ne t'en fais pas.

Georges: Je sais ce que c'est, ce n'est pas toujours facile …

ai pas toujours envie – 32 **pour ça, elle est …** *fam* elle est vraiment … – 34 **une bricole** *fam* une petite chose – 43 **la poche-revolver** la poche arrière – 52 **procurer** causer – **sensible** qui se voit, que l'on remarque – 54 **gêner qn** le mettre dans une situation financière difficile – 55 **régler** payer – 57 **être serré, e** ne disposer que de peu d'argent – 58 **ne t'en fais pas** *fam* ne t'inquiète pas

Paul Ne t'occupe pas … *(Comme s'il était embarrassé de l'enveloppe.)* Je la pose sur la table.

Georges Oui, oui, mets-la là.

On ne sait pourquoi, Paul hésite.

Paul Je vais plutôt la poser sur la table de nuit, non?

Georges Oui, si tu veux. Ou alors, mets-la dans le tiroir.

Paul va près du lit, à la table de chevet, dont il ouvre le tiroir.

Georges Il y a des médicaments. Mets-la par-dessus. Je ne sais pas pourquoi je garde tout ça, c'est bon à jeter.

Paul sort du tiroir des tubes de médicaments dont il regarde les étiquettes.

Paul Il y a de l'aspirine, c'est toujours bon.

Georges L'aspirine, oui. Il y a aussi de la pommade que je veux garder, mais le reste, c'est ce que le toubib m'avait donné l'année dernière pour ma bronchite, ça ne sert plus à rien, c'est à mettre à la poubelle.

Paul range les médicaments et place l'enveloppe dans le tiroir qu'il referme. Temps très bref. Il ajoute:

Paul Je l'ai mise là, hein, tu le sauras?

Georges Merci.

Georges s'essuie avec le mouchoir.

Georges Ce qui ne ferait pas de mal, ce serait une bonne douche!

Paul Ça, oui, ça manque.

Georges Surtout par un temps pareil, on se mettrait bien sous l'eau.

Paul Et puis même, c'est pratique.

Georges Ici, il n'y a pas la place, ce n'est même pas la peine d'y penser.

Paul examine la pièce autour de lui.

Paul S'il y avait seulement un recoin … Par exemple, dans un angle … Tiens, ici … Ça suffirait.

6 **un tiroir** partie d'un meuble que l'on ouvre en tirant et que l'on ferme en poussant – 7 **le chevet** partie du lit où l'on pose la tête – 13 **la pommade** substance grasse que l'on met sur la peau, p. ex. pour guérir une blessure – 14 **un toubib** [tubib] *fam* un médecin – 28 **un recoin** très petit coin – **un angle** un coin – 37 **il y a moyen de**

Georges Eh oui, mais ...
Paul Il n'y a pas besoin d'une grande surface.
Georges Il faut quand même un coin.
Paul Oui, bien sûr, mais ce que je veux dire, c'est que maintenant on arrive à te faire ça dans presque rien, ce n'est plus comme autrefois.
Georges Ça me plairait bien, mais comment faire?
Paul Il faut voir ... On ne sait jamais ... Il y a peut-être moyen de s'arranger quelque part ...
Georges Où ça, quelque part?
Paul Je ne sais pas, moi ... On pourrait peut-être se débrouiller ... dans la cuisine?
Georges C'est trop petit, tu sais bien.

Paul va se placer sur le seuil de la porte de la cuisine, où il est rejoint par son père.

Paul *(constatant l'étroitesse du lieu)* Oui, évidemment ...
Georges Tu vois bien ... Non, ce n'est pas possible. Ce sont des vieilles constructions, ça n'a pas été prévu pour ça.
Paul Il suffirait de pas grand-chose ... L'emplacement du bac, quoi ... Qu'est-ce que ça peut faire? ... Quatre-vingts sur quatre-vingts ... Mettons un mètre en tout.
Georges Oui, mais il faut les trouver.

Paul examine du regard.

Georges Il n'y a pas un endroit.
Paul Le placard, ça pourrait aller.
Georges Et où je mettrais ma vaisselle et tout ce qu'il y a dedans?
Paul C'est-à-dire, à ce moment-là, il faudrait tout chambouler ...
Georges Tu as beau chambouler, on ne peut pas pousser les murs.
Paul Non, mais sans pousser les murs ... C'est une question de calculs. Il faudrait calculer au plus juste. On peut peut-être gagner de la place ... Par exemple, là, tiens ... S'il n'y avait pas la fenêtre, en mordant sur l'angle, je suis sûr que ça pourrait

il est possible de – 45 **l'étroitesse** *f; substantif de*: étroit – 48 **le bac** partie de la douche où l'on place les pieds – 54 **un placard** armoire installée dans le mur – 56 **chambouler** *fam* faire beaucoup de changements – 60 **mordre sur** occuper une partie de

aller … C'est dommage qu'il y ait cette fenêtre. *(Temps très bref.)* Et dans les cabinets?

Georges — Tu les connais.

Paul — Oui, non, ce n'est pas possible …

Georges — Tu ne peux la caser nulle part.

Paul — Le meilleur, je te dis, ce serait dans le placard, ou ici, s'il n'y avait pas la fenêtre.

Georges — Oh, et puis je ne vais pas me mettre dans les travaux.

Paul — Tu sais, nous, quand on a fait installer la nôtre, ça n'a pas été un gros travail.

Georges — Vous, vous aviez la place.

Paul — On avait la place, on avait la place, tout juste. Il a bien fallu qu'on prenne sur le couloir, sinon ça ne collait pas. Ce n'est pas très grand non plus, il n'y a pas de quoi danser. Tu as bien vu ce que c'est?

Georges — Je ne me rappelle plus bien … Je crois que je n'ai vu qu'une fois ou deux …

Paul — Oui, c'est vrai, tu n'es pas venu souvent … Il faudra que tu fasses un saut, un soir … Ou je viendrai te chercher …

Georges — Je ne veux pas vous déranger …

Paul — Comme si tu dérangeais … On passe un moment ensemble, c'est tout.

Georges — Vous avez assez à faire sans moi …

Paul passe la tête par la porte de la cuisine, réexaminant les lieux.

Paul — Si on peut la mettre quelque part, il n'y a qu'ici …

Georges — Je disais ça parce que ça me serait utile …

Paul — Bien sûr …

Georges — Ce qu'il faut surtout voir aussi, ce sont les frais.

Paul — On peut toujours faire faire un devis, comme ça on sait à quoi s'en tenir. Ça ne doit pas coûter les yeux de la tête … Surtout que l'écoulement n'est pas loin, il y aurait juste un raccord à faire.

5 **caser** *fam* placer, installer – 8 **se mettre dans les travaux** entreprendre de grandes transformations – 13 **prendre sur** prendre une partie de – **ça ne colle pas** *fam* ça ne va pas – 30 **un devis** liste détaillée indiquant les travaux à faire et ce qu'ils coûteront – 31 **coûter les yeux de la tête** être très cher – 32 **l'écoulement** *m* gros tuyau par lequel l'eau passe – **faire un raccord** ajouter un bout de tuyau – 34 **un évier** bac dans lequel on lave les légumes, la vaisselle, etc. – 44 **mignon, ne** joli –

Georges *(penché vers la cuisine)* Sous l'évier?

Paul Oui, sous l'évier. C'est trois fois rien.

Ils s'écartent de la porte.

Georges Bon, enfin, on verra ...

Paul Il faut y repenser. Il y a sûrement un moyen.

Paul regarde autour de lui. Petit temps.

Paul Sinon, tu n'es pas mal, ici? ...

Georges Oh, pour ça, oui ... Et puis, les gens de la maison me connaissent. Tout le monde est gentil.

Ils retournent s'asseoir.

Georges Au-dessus, ils ont un petit garçon qui est très mignon, très déluré, et bien élevé. Michel. Il vient me voir, par-ci, par-là. Ça me distrait. Il me raconte ses petites histoires ... Ils sont partis en vacances la semaine dernière. Ils ont de la famille en Bretagne. Ils vont rester une quinzaine ... La mère n'est pas très solide, toujours un peu patraque ... Ils m'ont invité à dîner chez eux avant de partir.

Paul C'est bien, ça.

Georges C'était la première fois, ça me gênait un peu ... mais finalement ça a été bien sympathique. J'avais apporté quelque chose pour le petit. Je ne voulais pas arriver les mains vides, quand on ne connaît pas ... Mais ça a été tout de suite à la bonne franquette, et le père sait bien vous mettre à l'aise. Il est agent technique. Ça m'a fait un bon moment. J'étais bien content. Et le petit, je l'aime bien. C'est une petite tête, hein ... Il fera son chemin, celui-là ... *(Petit temps.)* Ah, les enfants, c'est ... *(Petit temps.)*Et toi, non? ...

Paul Quoi, les enfants?

Georges Oui, enfin ...

Paul Non, oh, tu sais ...

Georges Ta femme n'en voudrait pas un?

45 **déluré, e** vif, éveillé – **par-ci, par-là** de temps en temps, pas régulièrement – 46 **ça me distrait** cela m'occupe agréablement, cela évite que je m'ennuie – 49 **elle n'est pas très solide** elle n'a pas une très bonne santé – **patraque** *fam* souffrant, malade – 56 **à la bonne franquette** *fam* sans cérémonie, en toute simplicité – 58 **c'est une petite tête** *fam* il est intelligent

Paul Ça peut venir, hein …

Georges Ça fait combien que vous êtes mariés? Trois ans?

Paul Oui, un peu plus.

Petit temps.

Georges Vous avez encore le temps …

Paul Oui, oh, pour ça …

Georges Nous, on t'a eu tout de suite … On avait un peu mis la charrue avant les bœufs … Il faut dire que moi je n'étais plus de la première jeunesse, je n'avais pas de temps à perdre.

Paul J'y pensais l'autre jour, ça va faire dix ans cette année que maman est morte.

Georges Au mois d'octobre. Le 17. La veille de ton anniversaire. Tu allais avoir tes vingt ans.

Paul Oui, oui, je me rappelle.

Georges Ça passe …

Paul Oui, j'y pensais l'autre jour.

Petit temps.

Georges Je voulais toujours mettre sa photographie, là, et puis il faudrait un cadre. J'en ai une grande qui irait bien, elle est dans le tiroir de la grande commode, je l'ai encore vue il y a deux, trois jours. Il faudrait que je la sorte pour que je la voie, comme ça je penserais à l'emporter quand je descends, pour trouver un cadre qui aille.

Paul On en trouve partout.

Georges Oui, je sais bien, ce n'est pas ça, le tout c'est d'y penser. *(Petit temps.)* Tu te souviens d'elle?

Paul *(qui éprouve un peu de gêne pudique)* Bien sûr.

Petit temps.

Georges Voilà …

Petit temps.

Paul *(pour renouer la conversation)* Et autrement, tu sors quand même un peu, oui?

7 **mettre la charrue avant les bœufs** commencer par la fin – 19 **un cadre** bordure en bois qui entoure un tableau, une photographie ou une glace – 27 **pudique** de *la pudeur*: fait de ne pas vouloir montrer ses sentiments intimes – 31 **renouer la conversation** faire en sorte que la conversation recommence – 35 **un square**

Georges Dans le quartier, je vais faire un tour, quand ça me prend. Je fais aussi mes courses, naturellement.

Paul Tu allais au square ...

Georges Il y a trop de bruit, avec les voitures ... J'y suis encore allé l'autre jour, par cette chaleur les bancs étaient pleins. Et puis, les gens vous parlent, on est obligé de tenir conversation ... Non, j'aime autant rester chez moi. Au moins, ici, si je veux quelque chose j'ai tout sous la main, c'est aussi bien ... Je ne m'ennuie pas, tout seul. L'après-midi, en général, je fais une petite sieste ...

Paul Il faut quand même un peu voir des gens ...

Georges Oh, moi, tu me connais, je n'ai jamais été beaucoup pour le monde. Non, avec toi, par exemple, ça oui, ça me fait plaisir, on cause, j'aime bien quand tu viens, ce n'est pas la même chose ...

Paul C'est-à-dire, il y a bien des fois où je pourrais trouver un moment, mais ou il y a autre chose, ou alors ça ne dit rien à Janine. Ce n'est pas qu'elle n'a pas envie de te voir, note bien ...

Georges Oui, oui ...

Paul On ne va pas plus souvent chez ses parents, c'est pareil ... Enfin, c'est pareil, eux ils sont ensemble, et avec leur fille il y a toujours un peu de tirage ...

Georges Oui, tu m'as raconté ...

Paul Enfin, c'est pour dire ...

Georges C'est plutôt avec son père que ça ne va pas?

Paul Ce n'est pas que ça ne va pas, mais Janine a ses idées et son père a les siennes. Chaque fois qu'on y va, ils finissent par s'accrocher. Ce n'est pas comme nous, tu vois ce que je veux dire ... D'ailleurs, c'est souvent elle qui a tort. Elle s'emporte pour un rien et elle ne veut pas en démordre. Je vois avec moi, il y a des jours, ce n'est pas facile. C'est bon que de mon côté je laisse dire, parce que sinon on n'en finirait plus ... Ce qu'il y a, chez elle, c'est que, je ne sais pas, elle est un peu ... lunatique, on ne sait pas toujours comment la prendre ... Je sais bien que la

[skwar] petit jardin public – 38 **tenir conversation** parler, discuter – 55 **il y a du tirage** *fam* il y a des difficultés, des problèmes – 61 **s'accrocher** *fam* se disputer – 62 **s'emporter** se mettre en colère – 63 **elle ne veut pas en démordre** elle ne veut jamais céder, elle reste toujours sur ses positions – 66 **lunatique** dont l'humeur est changeante

vie ce n'est pas rose tous les jours, mais c'est pour tout le monde pareil ... Non, elle, elle voudrait tout ... On sent qu'elle n'est pas à son aise, moi je le sens, je la connais bien ... Elle est mal dans sa peau, mais qu'est-ce qu'il faudrait faire? ... Si elle voulait en parler, au moins, c'est vrai, on pourrait voir, on pourrait s'expliquer, ça l'aiderait peut-être, c'est ce que je lui dis, mais ... elle se ferme, elle se bloque ... Elle se rend malheureuse elle-même, ça je me rends bien compte, seulement ... *(Petit temps, puis il ajoute, d'un ton de regret apitoyant.)* Ça vient d'elle ...

Petit temps.

Georges *(qui voudrait sincèrement compatir, mais ne trouve rien de mieux à dire)* Ça ne tourne pas toujours tout rond ...

Paul C'est sûr ...

Petit temps.

Georges Mais ça va quand même?

Paul *(gêné d'en avoir tant dit)* Oui, oui ... *(Il se lève)* Bon, ben, maintenant il va falloir que j'y aille. Quelle heure il est? *(Il regarde sa montre.)* Dix heures ... Je vais rentrer ... Alors, ton enveloppe est dans la table, hein? ...

Georges D'accord.

Ils sont brusquement gênés tous les deux et ne savent que dire. Paul fait quelques pas en direction du couloir, comme s'il s'en allait.

Paul Je suis garé presque devant la porte. J'ai trouvé une place, c'est plutôt rare.

Georges Ah, il y a des jours où c'est plein, il y en a plein la rue, des deux côtés. Forcément, plus ça va, plus les gens ont des voitures.

Paul Maintenant, avec les vacances, ça va mieux.

Georges Oui, on sent que les gens sont partis.

Petit temps.

Paul Je suis en train de réfléchir ... Je ferai peut-être un saut demain, finalement ... Tu seras là dans la journée?

10 **apitoyant, e** destiné à inspirer la pitié – 12 **sincèrement** de *sincère*: franc, loyal, authentique – 13 **ça ne tourne pas rond** ça va mal – 25 **je suis garé** ... j'ai garé ma voiture ... – 28 **plus ça va, plus les gens ont** ... *fam* il y a de plus en plus de gens

Georges Je suis toujours là.

Paul Comme ça, je pourrai donner un coup d'œil à la sonnette.

Georges Ma foi, si tu veux …

Paul D'ailleurs, je crois que je dois avoir un marteau à toi. J'ai dû te l'emprunter et j'ai oublié de te le rapporter.

Georges Tu peux le garder, je n'en ai pas besoin. C'est bien rare si je bricole. Il y a encore quelques années, je ne dis pas, mais à présent …

Paul Pourtant, dans le temps …

Georges Oui, j'aimais bien ça …

Paul A la maison, je me rappelle …

Georges A la maison, ce n'était pas pareil, ta mère avait toujours besoin de quelque chose …

Paul Quand tu avais fait les petits placards dans la cuisine …

Georges Tu t'en souviens?

Paul C'est que c'était bien fait.

Georges Oui, pour le bois, je me défendais assez bien.

Paul Tu m'avais fait un petit coffre, aussi, tu sais, pour mettre à côté de mon lit. Je ne sais pas ce qu'il est devenu.

Georges Je ne sais pas. Tu l'as peut-être emporté quand tu es parti?

Paul Non, je ne crois pas. J'avais dû le laisser à la maison.

Georges Il ne me semble pas, parce que quand j'ai quitté pour venir ici il n'y était plus.

Paul Je l'avais peut-être emmené quand j'avais loué cette chambre, rue Desvignes, ça se peut, mais je ne vois pas pourquoi je l'aurais laissé, il n'était pas encombrant. Enfin, je ne sais plus.

Georges Ce n'est pas une grosse perte.

Paul J'aimais bien l'avoir. C'est-à-dire, après, j'ai habité chez un camarade … Là, je ne revois plus si je l'avais encore.

Georges J'avais aussi fait le petit meuble …

Paul Dans la salle à manger?

Georges Non, le petit meuble de l'entrée, avec les tiroirs. Ta mère y mettait toutes ses choses.

Paul Ah, oui, c'est vrai, une sorte de petit …

qui ont … – 36 **ma foi** … bon, … – 38 **emprunter** demander et obtenir qc que l'on doit rendre – 50 **se défendre bien** *fam* être bon, être capable, bien réussir – 51 **un coffre** une grande boîte

Georges Comme un petit chiffonnier, quoi …

Paul Oui, oui … Eh ben, tu vois, ça je ne m'en serais pas rappelé. Qu'est-ce que tu en as fait?

Georges Je l'ai laissé aux locataires en partant.

Paul C'est dommage …

Georges Boh … Ça ne contenait pas grand-chose, c'était surtout pour du petit linge, les tiroirs n'étaient pas profonds, ni bien larges. C'était ta mère qui s'en servait …

Petit temps.

Paul C'était bien, là-bas …

Georges Pour moi tout seul, après, ça faisait un peu grand, mais autrement, oui … On y a eu de bonnes années, tous les trois. *(Temps très bref.)* On s'y était installé avec ta mère tout de suite après que tu sois né. Ce que j'ai le plus regretté quand je suis parti, c'est le quartier. Je m'y plaisais bien. Si j'avais pu retrouver quelque chose dans le coin, j'aurais préféré. Tu me diras que maintenant je me suis habitué ici et que je m'y trouve bien aussi, mais enfin, là-bas, j'avais plus de connaissances.

Paul Tu ne revois personne?

Georges Non, il y a longtemps qu'on s'est tous perdu de vue. En fait, je n'avais qu'un ami …

Paul M. Brioux?

Georges Louis, oui. Tu te rappelles de lui? Il t'aimait bien quand tu étais gosse.

Paul Oui, moi aussi. Ils avaient un petit jardin …

Georges Oui, avec un atelier, au fond. Alors lui, c'était un bricoleur!

Paul Qu'est-ce qu'il est devenu?

Georges Oh, ils sont partis avant moi, ils s'étaient installés en Normandie. Lui, il est mort. C'est sa femme qui me l'a écrit. Je lui ai répondu, et puis c'en est resté là. Je ne dois même plus avoir son adresse.

Paul Moi, je n'ai pas vraiment d'amis … Les collègues de travail, mais ça ne va pas plus loin.

Georges On ne se fait pas des amis à tout bout de champ.

1 **un chiffonnier** commode qui a de nombreux tiroirs – 4 **un, e locataire** personne qui habite un appartement ou une maison qui ne lui appartient pas – 25 **un, e gosse** *fam* un, e enfant – 31 **c'en est resté là** nos relations se sont arrêtées là, ont cessé

Paul	Avant de connaître Janine, j'en avais un, mais une fois marié …
Georges	C'est souvent comme ça.
Paul	Je l'ai regretté, parce que c'était un bon copain. On s'entendait bien … Il est venu une fois ou deux à la maison, au début, mais ça ne plaisait pas tellement à Janine … Quand on est marié, ce n'est plus la même vie, forcément … – Tiens, il y a un peu d'air maintenant, on le sent.
Georges	Oui, ça vient par la cour.

Paul sort sur la loggia. Il n'est plus visible.

Paul	*(voix off)* Ils ont coupé l'arbre?
Georges	*(en rejoignant son fils)* Il y a quinze jours. Au début du mois. On les a vu s'amener, et puis crac!

Paul réapparaît.

Paul	C'était pourtant pas mal, cet arbre au milieu de la cour?
Georges	Non seulement ça, mais ça faisait de la fraîcheur. Sans compter que c'était plus agréable à voir que les façades, avec le linge que les gens mettent pendre à leurs fenêtres.

Paul se rassied machinalement, et son père à sa suite. Ils se retrouvent ainsi comme précédemment.

Paul	Les arbres, il y en a de moins en moins.
Georges	Même sur l'avenue, je ne sais pas si tu as remarqué, toute la partie du haut, ils les ont tous ratiboisés, il n'en reste pas un seul.
Paul	Ça fait déjà un moment?
Georges	Deux ans. Pas l'année dernière, l'année d'avant. On avait dit que c'était pour élargir le trottoir, total, ils n'ont rien élargi du tout, mais il n'y a plus d'arbres.
Paul	C'est partout.
Georges	Je sais bien.

Petit temps.

Georges	Non, moi, si j'avais eu quelques sous, je sais bien ce que

avec cela – 35 **à tout bout de champ** à tout instant – 48 **s'amener** *fam* arriver – 55 **comme précédemment** comme tout à l'heure – 58 **ratiboiser** *fam* couper, abattre – 62 **total, …** *fam* résultat, … – 67 **avoir quelques sous** *fam* avoir un peu d'argent

j'aurais fait, je me serais cherché quelque chose à la campagne.

Paul Ça, moi aussi! D'ailleurs, à un moment, je ne sais pas si tu t'en souviens, je t'en avais parlé, j'avais quelque chose en vue … J'aurais même pu emprunter, on se débrouille toujours, mais Janine ça ne l'emballait pas. Il y avait une petite maison, quatre pièces, en bon état, et un grand morceau de terrain. On avait été voir un dimanche … Ce n'était pas hors de prix. La preuve, ça s'est vendu tout de suite … J'aurais ça aujourd'hui, je serais bien content, n'empêche … J'aurais dû acheter …

Georges Surtout que ça ne perd pas de sa valeur.

Paul La pierre, tu penses, ça fait un bond toutes les années! Mais même sans penser à revendre, moi ce n'était pas ce que je voyais là-dedans, non, juste un coin … J'aurais trouvé du travail dans les environs et on aurait été tranquille.

Georges On y a pensé plusieurs fois aussi avec ta mère, et puis ça ne s'est jamais fait.

Paul Si Janine avait voulu, moi j'étais partant.

Georges Elle n'aime pas la campagne?

Paul Pas pour y vivre, non.

Georges Il y a des gens qui n'aiment pas.

Paul Petit à petit, on aurait pu tout arranger comme il faut, ça aurait été aussi bien qu'ici. Et puis, au moins, on aurait été chez nous. Ça ne nous empêchait pas de revenir de temps en temps.

Georges Ce n'était pas très loin?

Paul Deux heures de voiture. Deux heures, deux heures et demie.

Georges Ça permettait d'aller et de venir …

Paul C'est ce que je lui avais dit … Il n'y a pas eu moyen … Ça aurait pu être bien. C'était très clair. Il y avait deux fenêtres sur le devant et deux sur le derrière, qui auraient donné sur le jardin. Quand on l'a vu, bon, c'était plein d'herbes, ce n'était pas entretenu, mais ça, moi, je m'en serais occupé. On aurait fait ce qu'on aurait voulu. Il y avait un cerisier dans le fond.

6 **emballer qn** *fam* l'enthousiasmer – 8 **hors de prix** très cher – 10 **n'empêche** *fam* en tout cas – 12 **la pierre** les constructions en pierre, les maisons – **faire un bond** augmenter beaucoup en valeur – 18 **être partant, e** *fam* être décidé, être d'accord – 33 **entretenir qc** s'occuper de le tenir en bon état – 34 **un cerisier** arbre qui produit les cerises – 36 **le plâtre** poudre blanche qu'on mélange avec de l'eau et dont on

Georges Il n'y avait pas de gros travaux à l'intérieur?

Paul Si, il aurait fallu refaire des choses. Un peu de plâtre par-ci, un peu de ciment par-là, mais avec un peu de temps et en se donnant un peu de mal, c'était une maison qui valait le coup. En bas, on faisait une grande cuisine, à côté la salle à manger, et il y avait encore deux pièces en haut pour les chambres. Et de là, on avait une vue! Derrière le jardin, c'étaient des champs, et un petit bois.

Georges Bien situé, quoi.

Paul Bien situé et indépendant, c'était au bout du village, sans être trop isolé. Pour aller faire les courses, il y en avait pour dix minutes. Au village, on trouvait tout ce qu'on voulait, il y avait tous les commerçants, alors c'était simple *(Temps très bref.)* Non, c'était vraiment une occasion. Ça, j'ai regretté … Et puis, tiens, c'est un exemple, mais par un temps comme aujourd'hui, je venais te prendre et je t'emmenais. L'air était bon là-bas, on respirait.

Georges Oui, enfin, moi, c'est autre chose …

Paul Ça ne dérangeait pas, on avait une chambre pour te coucher. Tu aurais même pu me donner un coup de main pour le jardin.

Georges Ça, je n'aurais pas dit non.

Paul On pouvait faire nos légumes. Juste pour nous.

Georges Si on a un bout de terre, oui, autant en profiter. Au moins, on sait ce qu'on mange.

Paul Et en partant, tu en emportais. Tu sais, en saison, les légumes, quand ça donne, ça donne. Il y en aurait eu facilement pour trois. Au moment des cerises, c'est pareil, on finit par ne plus savoir qu'en faire.

Georges Ce qui est bon, c'est de les manger sur l'arbre.

Paul Et aux beaux jours, il y avait des tas de balades à faire dans les alentours. Pour celui qui aime marcher …

Georges Avec ta mère, il nous est arrivé de faire de ces randonnées quand on allait chez ta tante Pauline … Maintenant, je crois que je ne pourrais plus.

recouvre les murs et les plafonds – 37 **le ciment** ce dont on se sert pour lier entre elles les pierres, quand on construit un mur, p. ex. – 38 **valoir le coup** *fam* valoir la peine – 54 **donner un coup de main à qn** l'aider – 60 **ça donne** *fam; pour des légumes*: il en pousse beaucoup – 64 **une balade** *fam* une promenade – 65 **les alentours** *m* les environs – 66 **une randonnée** une promenade assez longue

Paul — Tu n'aurais pas été forcé d'aller bien loin. Je te dis, c'était plein de champs autour, à deux pas de la maison. Tu sortais et tu étais dans la nature.

Georges — Ça c'est agréable.

Paul — Dans ce cas-là, mois j'aurais pris un chien. Remarque, Janine n'était pas d'accord, mais à la longue …

Georges — Si, pourquoi? Un chien, c'est bien.

Paul — Surtout à la campagne.

Georges — Tu te rappelles Zéro?

Paul — Oui, un peu, mais j'étais trop petit.

Georges — On l'avait trouvé avec ta mère, dans la rue, devant chez nous. Je ne sais pas d'où il sortait, il nous a suivis. On l'a fait monter, on lui a donné à manger et il est resté. Il n'était à personne du quartier, on en avait parlé à tout le monde. J'avais pris des photos de lui, je ne sais plus où elles sont passées. Tu devais même être photographié avec lui, sur notre balcon. Il est mort du jour au lendemain. Ce que ta mère a pu pleurer! Il était plus attaché à elle qu'à moi. Je voulais lui en ramener un autre, elle n'a jamais voulu.

Petit temps. Le rythme de leur conversation se ralentit soudainement, comme s'ils revenaient à la réalité.

Paul — Dans cette maison, j'en prenais un tout de suite.

Georges — Quand on a une petite maison, comme ça, avec de la place …

Paul — Et puis, ça tient compagnie.

Georges — Oh, c'est intelligent …

Petit temps.

Georges — C'est vrai qu'il fait un peu plus frais …

Paul — On dirait, oui …

Temps.

Paul — Et ta jambe, tu ne t'en ressens plus, non?

Georges — Plus du tout. C'est passé comme c'était venu.

Paul — C'était peut-être un peu de rhumatisme?

Georges — Sûrement, oui. Je ne vois que ça. J'avais pris des gouttes, là,

1 **être forcé, e de** être obligé de – 6 **à la longue** avec le temps – 21 **soudainement** tout à coup – 30 **se ressentir** avoir encore mal, avoir encore des douleurs – 37 **ça m'embête** *fam* ça m'ennuie, me dérange – 42 **être d'aplomb sur ses jambes** bien

que le pharmacien m'avait données. Je ne sais pas si c'est ça qui a fait quelque chose ... Depuis, rien.

Paul Tant mieux.

Georges Oui, ça m'aurait embêté. Surtout les jambes. Tout seul ici ...

Paul Tu n'aurais pas été tout seul, je suis là, quand même. Je serais passé deux fois par jour, voilà tout.

Georges Je sais bien, ce n'est pas ce que je voulais dire, mais enfin, ça n'aurait fait que compliquer pour tout le monde. J'aime autant être d'aplomb sur mes deux pattes.

Paul On aime tous mieux ça ...

Georges Ca ne fait pas de doute.

Petit temps.

Paul Il y a eu un moment où je ne venais pas souvent, mais ça ne voulait pas dire que tu étais oublié ...

Georges Qu'est-ce que tu vas chercher?

Paul J'avais mes petits ennuis, et je n'avais pas tellement envie d'en parler ...

Georges pose sa main sur le bras de son fils.

Georges Ça se comprend, Paul ...

Ils échangent en silence un regard quelque peu prolongé et Paul tapote la main de son père avant de se lever afin de mettre un terme à leur mutuelle émotion.

Paul Je suis en vacances à partir d'aujourd'hui.

Georges Ah, bon, je ne savais pas ...

Paul C'est pour ça que tout à l'heure je t'ai dit que je pouvais venir demain.

Georges Je n'y avais pas fait attention.

Paul Même, si tu veux, un de ces jours on pourrait partir pour la journée ... On irait manger quelque part, on se promène un peu et on revient tranquillement le soir.

Georges Si tu es libre ...

Paul Il y a déjà longtemps que je m'étais dit qu'un jour on aurait bien pu aller faire un tour tous les deux ...

tenir sur ses jambes, ne pas avoir de difficulté à marcher – 48 **Qu'est-ce que tu vas chercher?** Qu'est-ce que tu racontes? Je n'ai jamais pensé cela. – 54 **tapoter qc** le frapper légèrement à plusieurs reprises

Georges se lève.

Georges Ce serait plutôt pour dire de sortir un peu ...

Paul On prend l'air, ça fait du bien, ça change les idées.

Georges Tu me préviens, que je me rafistole ...

Paul Tu restes comme tu es, on est en voiture, je te prends et je te ramène, ça n'a pas d'importance.

Georges Entendu. Quand ça t'accordera ... C'est moi qui paie le dîner.

Paul Allons ...

Georges Si, si si ... C'est moi ... Ça me fera déjà bien plaisir que tu m'emmènes, c'est moi qui invite.

Paul On verra, on verra.

Petit temps.

Georges On a bien parlé, ce soir ... D'habitude, tu es souvent un peu pressé ... Mais je ne te retiens pas, au moins? Si tu dois t'en aller ...

Paul Oui, je ne vais pas trop tarder ...

Georges Ce n'est pas que te mette à la porte, hein ... C'est plutôt pour toi, moi j'ai tout mon temps ...

Paul Non, il faut que je rentre.

Georges Ce qu'il y a c'est que maintenant, moi, je mangerais bien un morceau ... Je n'ai pas mangé ce soir ... Cette chaleur, ça me coupe l'appétit.

Paul Tu as ce qu'il faut?

Georges Oui, il me reste de la viande et il y a du fromage. J'ai même des pêches cuites. C'est Mme Dunand qui me les a apportées hier, mais c'est trop sucré ... Tu ne veux pas me tenir compagnie, non? C'est vrai que toi tu as mangé.

Paul Pas ce soir, non ...

Georges Tu n'as pas mangé?

Paul Non, oh ...

Georges Alors, si le cœur t'en dit ... Mais je n'ai pas grand-chose à t'offrir ... Si, j'ai des œufs, on peut faire une ...

Paul Assieds-toi, je vais t'apporter tout ça.

Georges Je vais y aller, tu ne sais pas où c'est ...

4 **rafistoler qc** *fam; proprement*: le réparer de façon grossière; **se rafistoler** *fam; humour* se faire beau, s'habiller mieux que d'habitude – 7 **ça m'accorde** *fam* ça me convient, ça me va – 31 **si le cœur t'en dit** si tu en as le désir, l'envie – 37 **sur la**

Paul — Assieds-toi, je te dis, laisse-moi faire.

Georges — Si je n'ai plus qu'à me laisser servir …

Paul est allé à la cuisine sur la dernière réplique de son père, qui s'assied dans le fauteuil. Temps très bref.

Georges — Les verres sont dans le petit placard, à côté du gaz.

Petit temps.

Paul — *(voix off)* Dans le petit placard ou dans le buffet?

Georges — Non, non, dans le placard.

Temps très bref.

Paul — *(voix off)* Je ne les vois pas.

Georges — Sur le premier rayon …

Temps très bref.

Paul — *(voix off)* Il n'y en a pas.

Georges — Tu es sûr? … Alors, c'est qu'ils sont tous au sale, sur l'évier … Tu vois que tu aurais dû me laisser faire.

Paul — *(voix off)* Je m'en occupe, je m'en occupe.

Georges — C'est qu'il ne m'en reste plus guère … A force, ça se casse … *(Temps très bref.)* Je ne sais pas si tu vas trouver deux assiettes propres, je n'ai pas fait ma vaisselle, hier … Ni avant-hier.

On entend couler l'eau dans l'évier.

Georges — En tout cas, il doit y avoir des fourchettes et des couteaux dans le tiroir du buffet … *(Petit temps.)* J'aurais bien pu te donner un coup de main …

Paul — *(voix off)* Laisse, laisse, ça va …

Assis dans son fauteuil, Georges débarrasse le guéridon à côté de lui. Il ne sait d'abord que faire du mouchoir, qu'il finit par glisser dans la ceinture de son pantalon de pyjama. Il pose ensuite par terre le cendrier, le livre et le paquet de cigarettes. C'est pendant qu'il s'occupe de la sorte que s'échange le dialogue avec Paul.

dernière réplique de après les dernières paroles prononcées par – 48 **au sale** *fam* avec la vaisselle sale – 51 **à force, ça se casse** *fam* à force de les utiliser, ils se cassent

Paul *(voix off)* Tu sais ce qu'il faudrait faire pour la douche?

Georges Non? ...

Paul *(voix off)* Ce serait mettre ton gaz de l'autre côté, du côté du buffet, il y a la place ...

Georges Qu'est-ce que ça changerait?

Paul *(voix off)* Ça changerait qu'on gagne tout l'angle.

Georges Et l'étagère?

Paul *(voix off)* Ça, l'étagère, on peut la mettre n'importe où.

Georges Il y a la table ...

Paul *(voix off)* On en trouve une plus petite. Je suis sûr que comme ça, ça irait, même avec la fenêtre ... Je mesurerai, demain.

Georges Si ça peut faire ...

Petit temps. Georges boutonne sa chemise.

Georges Tu t'en sors, oui?

Paul *(voix off)* J'ai fini.

Petit temps.

Georges Le vin est dans le buffet.

L'eau cesse de couler. Bruit de vaisselle qu'on manipule.

Paul *(voix off)* Tu as de la moutarde?

Georges De la moutarde? ... Je ne sais plus ... Il en reste peut-être un fond dans le pot ... Sur l'étagère ... Tu veux que j'y aille?

Paul *(voix off)* Je vais regarder ...

Georges Il faudrait que je fasse une liste de ce qui me manque ... Une fois dehors, j'en oublie la moitié ... Tu ne veux pas que je t'aide à apporter?

Petit temps. Paul revient avec les deux assiettes, les couverts et l'assiette de viande froide.

Georges Pose tout ça là, j'ai débarrassé ...

Paul pose les ustensiles sur le guéridon.

Paul Où est-ce que tu mets le pain?

13 **boutonner sa chemise** la fermer à l'aide des boutons – 14 **tu t'en sors?** *fam* tu t'en tires? tu y arrives? – 18 **manipuler qç** le remuer, le déplacer – 21 **un fond de moutarde** un reste, une petite quantité de moutarde (qui recouvre le fond du pot) – 33 **ça ne me dit rien de** je n'ai pas envie de – 37 **le pain rassis** *contr. de*: le pain

Georges A droite, dans le buffet. Il ne doit pas en rester beaucoup … Hier, je n'ai plus pensé qu'aujourd'hui c'était dimanche, et le dimanche matin ça ne me dit rien de m'habiller pour sortir.

Paul retourne à la cuisine pendant que son père lui parle. Georges dispose les deux assiettes et les couverts sur le guéridon.

Georges Il doit y en avoir un peu de rassis à côté … Je le mangerai, moi ça m'est égal …

Petit temps.

Georges Tu as trouvé de la moutarde?
Paul *(voix off)* Le pot est vide.
Georges C'est ce que je dis, il faudrait que je fasse une liste.

Paul revient avec le pain, le vin, les deux verres et l'assiette de fromage. Il dépose le tout sur le guéridon, aidé par son père.

Georges On aurait pu manger à la cuisine, on aurait été plus au large.
Paul C'est bien comme ça.

Paul s'assied.

Georges Bon, tu es bien, là, ça ira?
Paul Très bien, très bien.
Georges J'ai pris l'habitude de manger ici, j'aime mieux. Pour moi tout seul … Et puis, j'ai ma radio, je l'écoute en mangeant.
Paul Je te sers?
Georges Si tu veux, un petit morceau.

Paul coupe de la viande pour eux deux et sert.

Paul C'est du veau?
Georges Oui. Chaud, hier soir, il était très bon. Je l'ai fait avec des oignons, bien revenu, j'en ai bien mangé. Et froid, c'est plus tendre, je trouve. Dommage qu'il n'y ait pas de moutarde, ça aurait relevé.
Paul *(il lui tend un morceau de pain)* Tu veux du pain?

frais – 45 **on aurait été plus au large** *fam* on aurait eu plus de place – 57 **un oignon** [ɔɲɔ̃] plante utilisée en cuisine et qui fait pleurer les yeux quand on la coupe en morceaux – **faire revenir une viande** la faire cuire un petit moment dans du beurre ou une autre matière grasse – 59 **relever (un plat)** lui donner plus de goût en ajoutant, p. ex., du sel, du poivre ou de la moutarde

Georges *(prenant la tranche de pain)* Je n'en mange pas beaucoup.

Paul remplit les verres et lève le sien avant de boire. Georges fait de même.

Georges A la nôtre ...

Ils boivent une gorgée, reposent leurs verres et commencent à manger. Leur dialogue s'échange alors entrecoupé de temps plus ou moins longs, du fait qu'ils mangent en parlant. Les répliques ne sont pas suivies.

Georges Ça a bon goût, hein, même froid?

Paul Délicieux.

Georges Le veau, c'est moins sec.

Paul Il est bon.

Georges C'est le boucher de la place, je ne me sers que chez lui, il a de la bonne viande.

Paul Le rôti, j'ai toujours aimé ça.

Georges C'est plus juteux. Le bifteck, les côtelettes, je m'en fatigue ... L'autre jour, ça m'a pris, j'étais bien tourné, devine ce que je me suis fait? Une blanquette.

Paul Ah, une bonne blanquette ... Ça fait longtemps que je n'en ai pas mangé.

Georges Moi aussi, ça faisait un moment ... C'est long à préparer, ça m'a pris la matinée, mais je m'en suis léché les doigts. Je l'avais bien réussie.

Paul On met du riz avec?

Georges Normalement, oui, mais pour moi ça aurait fait trop. Je l'ai mangée comme ça. J'en ai eu pour deux jours.

Paul C'est maman qui la faisait bien?

Georges Ah, ta mère, pour la cuisine, ça, elle s'y entendait.

5 **une gorgée** petite ou grosse quantité de liquide que l'on boit en une fois – 6 **entrecoupé, e de** interrompu par – 7 **du fait que** parce que – 8 **les répliques ne sont pas suivies** il y a une pause plus ou moins longue entre chacune d'elles – 15 **un rôti** [rɔti] morceau de viande que l'on a fait cuire au four – 16 **juteux, euse** *adjectif de*: le jus [ʒy] – 17 **ça m'a pris** *fam* j'ai eu une envie, un désir soudains – **être bien tourné, e** *fam* être de bonne humeur – 19 **une blanquette** un ragoût de veau – 22 **s'en lécher les doigts** éprouver un vif plaisir en mangeant un plat que l'on trouve excellent – 28 **s'y entendre** s'y connaître – 33 **des raisins** *m* des raisins secs – 34 **un pruneau** prune séchée – 37 **fameux** *fam* très bon – 41 **adorer qc** l'aimer beaucoup – 42 **mettre mariner une viande** la mettre, plus ou moins longtemps

Paul Qu'est-ce qu'elle faisait, déjà, qui était si bon? … Tu sais … avec une sauce? …

Georges De la viande en sauce?

Paul Oui, mais je ne sais plus avec quoi … C'était préparé? … Des raisins, non? …

Georges Ah! du bœuf aux pruneaux?

Paul C'était avec des pruneaux?

Georges Des pruneaux, des carottes et des raisins secs.

Paul Des raisins secs, voilà. C'était fameux, hein?

Georges Si c'était fameux! …

Paul Je n'en ai jamais remangé depuis.

Georges Moi non plus … Il faut être plusieurs, ça fait un gros plat.

Paul J'adorais ça.

Georges On met mariner la viande dans le vin, la veille, et si tu as un bon vin, c'est encore meilleur … Je ne sais plus quel morceau on prend … Je sais qu'on le fait bien braiser, et puis après il faut laisser cuire à petit feu, juste que ça mijote … Comme ça, la viande devient fondante et ça prend le goût des pruneaux et des raisins, petit à petit. C'est comme si c'était confit … Ah, il y a de quoi se régaler … Je savais le faire, moi aussi.

Paul Tu aimais bien faire la cuisine, toi?

Georges Je m'y mettais, de temps à autre … Je ne m'en tirais pas mal.

Paul Ce que maman faisait et que j'aimais bien aussi, c'était le gâteau de marrons …

Georges C'était pour toi qu'elle le faisait.

Paul On mettait de la crème fraîche dessus …

Georges Non, moi, les sucreries … Toi, tu étais gourmand. Tu l'es toujours?

Paul Ça m'a un peu passé. Quoique, quelquefois, un bon dessert …

Georges Moi, pourvu que j'aie mon fromage, je ne demande rien d'autre.

avant de la faire cuire, dans du vin ou dans une *marinade* (mélange de vin, de vinaigre, de sel, d'huile, etc.) pour lui donner un goût particulier – 44 **faire braiser une viande** la faire cuire à petit feu et avec un couvercle dessus – 45 **la viande mijote** elle cuit lentement, à petit feu – 47 **confire qc** le laisser plus ou moins longtemps dans un liquide pour qu'il en prenne le goût – 48 **se régaler** manger qc avec un vif plaisir – 50 **de temps à autre** de temps en temps – **je ne m'en tirais pas mal** j'obtenais d'assez bons résultats, j'y arrivais assez bien – 55 **gourmand, e** qui mange et boit en grande quantité les choses qu'il aime particulièrement – 57 **ça m'a passé** je n'ai plus ce défaut-là – **quoique** bien que – 58 **pourvu que** du moment que, si

Paul prend la bouteille de vin.

Paul Tu en reveux?

Georges Pas trop.

Paul sert son père, se sert, boit et s'apprête à se couper un morceau de viande.

Paul Je t'en reprends un peu? ...

Georges Sers-toi, sers-toi ... Finis-le, si tu veux ... Pour ce qu'il en reste ... Ce n'est pas la peine de le laisser traîner, après ça se dessèche.

Paul Tu n'en veux plus, toi?

Georges Non, merci, ça va comme ça, je vais manger un peu de fromage.

Paul Sûr?

Georges Sûr, sûr. Finis-le.

Paul met le reste de viande dans son assiette.

Paul C'est qu'il est bon.

Georges regarde son fils manger avec un petit sourire d'attendrissement. Paul s'en aperçoit.

Paul Pourquoi tu me regardes?

Georges La dernière fois qu'on a mangé tous les deux seuls, c'était le jour où je revenais de l'enterrement de mon frère. Tu étais venu me chercher à la gare, il était tard et on est allé dans une brasserie à côté. C'est là que tu m'as dit que tu avais connu quelqu'un et que tu voulais te marier.

Paul Je la connaissais depuis un moment, mais je ne t'en avais pas parlé.

Georges Passe-moi le fromage.

Paul tend l'assiette à son père.

Paul Je ne savais même pas trop comment m'y prendre pour te le dire ...

2 **tu en reveux?** *fam* tu en veux encore? – 6 **je t'en reprends un peu?** j'en coupe encore un peu pour toi? – 8 **laisser traîner (de la viande)** ne pas la finir – 9 **se dessécher** devenir sec – 18 **un sourire d'attendrissement** *m* sourire qui indique que l'on est ému, touché – 23 **une brasserie** grand café-restaurant – 29 **s'y prendre** faire – 38 **ça m'a fait quelque chose** *fam* j'en ai été ému, cela m'a rendu triste – 46 **tu étais déjà en train** *fam* tu allais naître quelques mois plus tard – 48 **un chèvre** un

Georges se sert en fromage et repasse l'assiette à son fils qui la pose près de lui sur le guéridon.

Georges Je crois qu'on n'a jamais bien eu l'occasion d'en reparler, mais je peux te le dire maintenant, savoir que tu allais te marier, ça m'a fait bizarre ...

Paul Ah, bon, pourquoi?

Georges Ce n'était pas que je n'étais pas content pour toi, au contraire, mais ça m'a fait quelque chose ... J'ai pensé que ta mère ne te verrait pas, que j'étais tout seul ... Tu me redonnes du pain, s'il te plaît?

Paul coupe une tranche de pain qu'il tend à son père.

Georges Il fallait bien que tu fasses ta vie ... Chacun son tour ... Moi, quand je me suis marié, je n'avais plus que ma mère. Elle est morte l'année d'après, la pauvre vieille. Un jour, je suis allé lui présenter ta mère et je lui ai dit qu'on allait se marier. Ce que je ne lui ai pas dit, c'est que tu étais déjà en train ... On habitait le même immeuble, elle au premier, moi au quatrième ... Tu me goûteras ce petit chèvre, il est juste à point. Je les prends chez un crémier que j'ai trouvé il n'y a pas longtemps, il a des fromages, une merveille ... C'est un peu loin, c'est après le carrefour, tu sais, au bout de l'avenue, tout de suite à droite il y a une petite rue, c'est là, presque au début, une toute petite boutique, mais ça vaut la peine ... D'ailleurs, c'est un connaisseur, il ne te vend pas n'importe quoi. Avant, j'en achetais sur la place, à l'épicerie, c'était plus pratique, c'est à côté, en faisant mes courses ... mais ils n'avaient rien, là-dedans ... Des fromages en boîte, comme partout ... La plupart du temps, je ne les finissais même pas. Et le fromage, c'est ce que je mange le mieux ... Tu as fini? Alors goûte celui-ci, tu me diras ce que tu en penses. Et le bleu aussi est bon. Peut-être un peu salé, mais il a du goût et il n'est pas sec.

fromage de chèvre – **juste à point** *pour un fromage*: ni trop dur, ni trop mou – 49 **un crémier** commerçant qui vend du lait, de la crème fraîche, du beurre, du fromage, des œufs, etc. – 50 **il a des fromages, une merveille** ses fromages sont merveilleusement bons – 51 **un carrefour** un croisement (de rues) – 59 **goûter qc** en manger un peu pour voir si on le trouve bon – 60 **un bleu** sorte de fromage (bleu d'Auvergne, p. ex.)

Paul se sert en fromage et le goûte attentivement, observé par son père. Temps bref.

Georges Hein?

Paul *(appréciant)* Ah, oui.

Georges Je te le disais.

Paul Piquant ... Bien.

Georges Je ne veux pas trop me charger le soir, surtout par cette chaleur, sinon je me laisserais tenter.

Paul mange avec de petits mouvements de la tête et des expressions signifiant que le fromage est excellent. Georges prend une cigarette dans le paquet qui est par terre à côté de lui et l'allume.

Paul *(soudain, désolé)* Janine n'a jamais su acheter le fromage.

Georges Il faut l'aimer.

Paul parle en mangeant. Ses répliques entrecoupées de petits temps pendant qu'il mastique.

Paul Elle achète du munster en portions ... C'est-à-dire, elle, la cuisine ... Elle grignote, tu comprends ... Moi, ce n'est pas tout à fait pareil ... Quand je rentre, le soir, je ne dis pas tous les jours, mais enfin au moins une fois de temps en temps, j'aimerais bien qu'il y ait quelque chose d'un peu préparé ... Avec elle, c'est toujours du vite fait ... Au début, un jour sur deux ça se terminait au restaurant ... On a beau dire, mais ça finit par chiffrer ... Et puis, moi, le restaurant, ça va bien une fois en passant. Je préfère être chez moi ... Même quand j'étais seul je me faisais mon frichti, c'est vrai, alors si tu es marié pour aller au restaurant ... Je t'en reprends un morceau, hein, il est fameux ...

Paul se sert sans cesser de parler.

4 **apprécier** trouver bon – 13 **désolé, e** très triste – 16 **mastiquer qc** l'écraser dans la bouche, à l'aide des dents, avant de l'avaler – 17 **le munster** [mœstɛr] fromage d'Alsace – 18 **grignoter** manger très peu – 22 **c'est du vite fait** *fam* elle fait ça très vite, sans se donner beaucoup de peine – 23 **on a beau dire** quoi qu'on en dise, qu'on en pense – 24 **chiffrer** *fam* coûter cher – 26 **se faire son frichti** *fam* se faire à manger – 30 **faire la tambouille** *fam* faire la cuisine – 37 **à peine** *fam* juste un peu – 39 **un ménage** un couple – **y mettre du sien** faire des concessions – 46 **prendre**

Paul Je veux bien que ce ne soit pas très drôle de faire la tambouille tous les jours, ça je reconnais, mais comment faire autrement? ... Et encore, à midi je mange à la cantine ... Avant, à midi, je rentrais ... Tous les midis ... J'ai fini par rester à la cantine, ça lui fait du travail en moins ... Alors, le soir, quand même ...

Il prend la bouteille de vin.

Paul Encore une goutte?

Georges A peine.

Paul sert son père, se sert et boit.

Paul Dans un ménage, moi, je trouve que chacun doit y mettre un peu du sien, ce n'est pourtant pas bien compliqué ... S'il y en a un qui tire d'un côté, l'autre de l'autre ... Surtout que tout ça, ce n'est rien si tu y réfléchis bien ... C'est surtout dans les petites choses ... Avec un peu de bonne volonté, ça irait tout seul ... D'autant que moi, au fond, tu me connais, je ne demande pas grand-chose ... Je n'aime pas trop sortir, c'est un fait, mais là-dessus, moi, j'ai fait des efforts, j'ai pris sur moi ... Dieu sait qu'il y a eu un moment où on était dehors tous les soirs ... Tous les soirs et tous les week-ends ... Et pourtant, j'aime autant te dire que si ça n'avait été que de moi, je me serais bien passé d'aller bouffer des kilomètres ... Tout ça pour quoi faire? Tu te retrouves deux jours dans un coin, tu n'es pas chez toi, tu tournes, tu vires, tu reviens, tu ne t'es même pas reposé ... Finalement, on dépense de l'argent pour rien ... Je m'excuse, mais ça compte, ça aussi ... Cavaler, c'est bien beau, mais si après il faut tirer sur la moindre des choses, non, ça ne va plus ... Ou alors, si on veut la campagne, d'accord. On y va et on y reste ... J'avais trouvé cette maison, ça aurait pu être tout ce qu'il y a de bien ... Il ne faut pas tant en vouloir dans la vie ... On ne peut pas tout avoir ...

sur soi faire des efforts, y mettre du sien – 49 **j'aime autant te dire que** je t'assure que – **si ça n'avait été que de moi** si cela n'avait tenu qu'à moi, n'avait dépendu que de moi – 50 **se passer de** renoncer à, préférer ne pas faire – **bouffer des kilomètres** *fam* faire beaucoup de kilomètres en voiture – 52 **virer** tourner; **tu tournes,** tu **vires** tu vas ici, tu vas là, tu fais ceci, tu fais cela – 54 **cavaler** *fam; ici*: sortir beaucoup, avoir de nombreuses distractions le soir et pendant le week-end – 55 **tirer sur** *fam* économiser sur – 58 **tout ce qu'il y a de bien** vraiment très bien, tout à fait bien

Il a fini de manger. Georges se lève, fait quelques pas dans la pièce, passe derrière Paul et lui tapote la tête de la main.

Georges Tu n'en reprends pas?
Paul Non, merci.
Georges Tu ne veux pas goûter le bleu?
Paul Non, ça y est, plus rien. *(Temps très bref.)* Je t'ai tout mangé? ...
Georges J'en ai toujours de reste, va ...

Georges rassemble les deux assiettes sur le guéridon.

Paul Qu'est-ce que tu fais?
Georges Je vais rapporter ça à la cuisine.
Paul *(se levant à demi)* Je vais le faire.
Georges Non, c'est moi qui débarrasse.

Georges emporte les assiettes sales, les couverts et l'assiette de fromage. Il disparaît dans la cuisine d'où provient un bruit de vaisselle. Petit temps.

Georges *(voix off)* Tu ne veux pas goûter les pêches?
Paul Non, merci.
Georges *(voix off)* C'est souvent que Mme Dunand m'apporte quelque chose, mais c'est toujours ou de la compote, ou du gâteau, ou des choses comme ça ... J'en mange un peu et le reste finit à la poubelle, mais comme elle me donne, je n'ose pas lui dire que je n'aime pas ça, je ne peux pas lui refuser ... De sa part, c'est de bon cœur, j'aurais peur de la vexer ...

Georges revient de la cuisine. Roulements de tonnerre au loin.

Georges C'est le tonnerre, on dirait?
Paul Oui.
Georges Si ça pouvait éclater, ça ne ferait pas de mal.
Paul Ça a été orageux toute la journée.

Georges enlève la bouteille de vin et les verres, qu'il emporte.

7 **j'en ai toujours de reste** *fam* j'en ai toujours en réserve – 8 **il rassemble les deux assiettes** il les met l'une sur l'autre pour débarrasser la table – 14 **provenir de** venir de – 19 **la compote** fruits écrasés, cuits avec de l'eau et du sucre – 23 **faire qc de**

Georges La chaleur ça m'assomme, je ne la supporte pas.

Paul Moi, ça va, je ne crains pas trop.

Georges On a eu assez de pain ...

Paul Oui, c'était bien suffisant.

Georges disparaît dans la cuisine. Bruits de rangement. Petit temps. Violent coup de tonnerre.

Georges *(voix off)* Cette fois, c'est sur nous!

Paul Oui, ça n'a pas dû tomber loin.

Petit temps.

Georges *(voix off)* Je ne te propose pas de café?

Paul Non, pas maintenant, il est trop tard ... D'ailleurs, je n'en bois presque plus ...

Georges *(voix off)* Ah, moi, c'est surtout à midi, mon petit café ...

Coup de tonnerre. Bruit d'une pluie dense qui tombe soudainement.

Paul Ça y est, c'est la pluie.

Georges *(voix off)* Tant mieux, ça rafraîchira peut-être!

Paul se lève et va regarder tomber la pluie par la porte de la loggia. Petit temps.

Paul Ça tombe fort.

Coup de tonnerre presque en même temps qu'il parlait.

Georges *(voix off)* Qu'est-ce que tu dis?

Paul Rien, je disais que ça tombe fort, c'est un gros orage.

Georges *(voix off)* Les gros orages, ça ne dure pas, ça n'a même pas le temps de rafraîchir ... Il y a eu un incendie, la semaine dernière. A deux immeubles d'ici. Au 28.

Paul Grave?

Georges *(voix off)* Non, les pompiers sont venus tout de suite. Moi, on m'a raconté, je ne les ai même pas entendus. Il faut dire que je

bon cœur le faire très volontiers, sans arrière-pensée – **vexer qn** le blesser, lui faire de la peine – 31 **ça m'assomme** ça m'épuise, ça me tue – 44 **dense** fort – 55 **un incendie** grand feu qui cause des destructions – 58 **les pompiers** *m* ceux qui sont chargés d'éteindre les incendies

ne suis pas sur la rue ... Ça avait pris au rez-de-chaussée, à ce qu'il paraît ...

Paul Nous, on en a eu un dans le quartier, il y a quelque temps, mais là, ça a fait des dégâts. C'était une boutique de tissus. Ça a tout flambé, jusqu'au troisième. Les pompiers sont restés toute la nuit. Le lendemain, la façade était noire et toutes les vitres avaient éclaté. C'est incroyable ce que ça peut faire, on n'imagine pas ...

Coup de tonnerre moins proche.

Georges *(voix off)* Tu ne te rappelles pas quand la menuiserie avait brûlé, à côté de chez nous?

Paul Je n'étais pas là, moi, j'étais en vacances, c'était l'été.

Georges *(voix off)* Ah, peut-être bien, oui ... Là aussi, ça avait été sérieux. Il y avait même eu un blessé. Un jeune homme.

Tonnerre plus lointain. Le bruit de la pluie s'atténue. Paul regarde la pièce autour de lui et Georges revient de la cuisine.

Georges Qu'est-ce que tu regardes?

Paul Rien, comme ça ...

Georges Ça aurait besoin d'être retapé ...

Paul Il n'y a pas trop de mal. Le plafond, un peu ...

Georges Oui, c'est surtout vers le haut. La tapisserie se décolle.

Paul Moi, j'ai refait il y a à peine deux ans, c'est déjà sale.

Georges Si j'avais le courage ...

Paul Tu ne vas pas te mettre sur des échelles!

Georges Non ... *(Temps très bref.)* Si je refaisais, je referais en clair ... Dans les jaunes, mais clair ... Ou dans les beiges ...

Paul Remarque, au rouleau, il n'y en aurait pas pour bien longtemps ... *(Il fait du regard le tour de la pièce.)* Qu'est-ce qu'il y a comme peinture? ... Les deux portes, les montants, les plinthes ... C'est tout?

1 **je ne suis pas sur la rue** *fam* mon appartement ne donne pas sur la rue – **le rez-de-chaussée** [redʃose] partie de la maison, située juste au-dessous du premier étage – 2 **à ce qu'il paraît** d'après ce qu'on m'a dit – 4 **des dégâts** *m* des dommages, des destructions – 5 **flamber** brûler – 15 **s'atténuer** diminuer, devenir moins fort – 19 **retaper qc** *fam* le remettre en état, le réparer – 21 **la tapisserie** papier peint dont on recouvre les murs et les plafonds – **se décoller** se détacher –

Tonnerre plus lointain. Le bruit de la pluie a cessé.

Georges La cuisine.
Paul Plus la cuisine, oui ...

Suivi de son père, Paul va jeter un coup d'œil sur la cuisine.

Paul Il y a les murs ...
Georges On pourrait tapisser?
Paul Si on tapisse, en peinture il ne reste plus que l'intérieur de la porte, la fenêtre et les plinthes.
Georges Il y a les plafonds ...
Paul On les tapisse aussi.
Georges Tu crois?
Paul C'est aussi bien.
Georges Dans la cuisine, ça se salit, non? Avec les vapeurs ...
Paul L'un dans l'autre, c'est pareil, peinture ou tapisserie, ça ne se salit pas plus.
Georges Oui, mais tapisser les plafonds, c'est un travail ...
Paul Non, je l'ai fait à la maison. C'est un coup de main. Il vaut mieux être deux, il y en a un qui tient les panneaux, c'est plus commode, ça va plus vite, mais on y arrive très bien même tout seul.

Son père à ses côtés, Paul examine attentivement la pièce.

Georges Oui, tu vois, là-haut, ça a tendance à s'en aller ...
Paul *(la tête levée)* Oui ... Il y a un moment que ça a dû être fait.
Georges J'ai pris comme c'était. Il aurait fallu refaire quand je me suis installé ... Derrière le lit aussi, je crois qu'il y a un morceau de tapisserie qui manque ...

Temps très bref.

Paul En huit jours, on en verrait le bout ...
Georges En clair, ça agrandirait ...

27 **un rouleau** instrument cylindrique qui sert à passer la peinture – 29 **les montants (d'une porte)** *m* l'encadrement de cette porte – 30 **une plinthe** planche fixée au bas des murs intérieurs d'un appartement – 44 **l'un dans l'autre** tout bien considéré – 47 **un coup de main** une certaine façon de procéder, que l'on peut apprendre – 48 **un panneau** un rouleau de papier peint – 58 **on en verrait le bout** *fam* on aurait presque fini – 59 **ça agrandirait** cela ferait paraître l'appartement plus grand

Paul C'est sûr.

Georges Parce que quand il y a du soleil, dans la journée c'est très éclairé.

Paul Ça peut se faire ...

Tonnerre très éloigné.

Paul La peinture, un jour une couche, une autre le lendemain, ça ne fait pas plus de deux jours ...

Georges Il faut attendre que ça sèche? ...

Paul En un jour c'est sec. Mettons trois jours la tapisserie, grosso modo ça fait la semaine ... Ce qu'il faut, c'est tout avoir sous la main, peinture, tapisserie, pinceaux, tout. Mais enfin ça, on va l'acheter ensemble et on met tout dans la voiture. J'ai même un magasin où je peux avoir des prix.

Georges Ce serait bien ...

Paul C'est plutôt pour coucher, pendant que c'est en chantier ...

Georges Parce que?

Paul Tu ne peux pas coucher ici avec l'odeur de peinture.

Georges Tu crois?

Paul Ça entête, c'est terrible. Ça risque de t'intoxiquer.

Georges Je laisserais tout ouvert ...

Paul Même ... Il y en a au moins pour trois ou quatre jours ... Il faudrait que tu puisses aller quelque part ...

Georges Oh, alors ...

Paul Tu pourrais venir à la maison. Pour deux, trois nuits ... Il y a un divan ...

Georges Je ne vais pas aller vous encombrer ...

Paul Ça n'encombrera rien du tout ... Autant en profiter pendant que j'ai du temps à moi.

Georges Si c'est ça tes vacances ...

Paul Oh, les vacances ...

Georges Je ne sais pas comment on est venu à parler de ça ...

Paul Il faut mesurer, pour savoir le nombre de rouleaux ... Avec sept ou huit, ça devrait aller ... Il y a les plafonds en plus ...

6 **une couche de peinture** peinture que l'on a passée sur l'ensemble d'une surface – 7 **ça ne fait pas plus de deux jours** on ne mettra pas plus de deux jours – 9 **mettons** *fam* disons, supposons – **grosso modo** *contr. de*: exactement – 11 **un pinceau** instrument dont on se sert pour peindre – 13 **où je peux avoir des prix** où on me fait des prix, où je paie moins cher que les autres clients – 15 **pendant que c'est en chantier** pendant les travaux – 19 **ça entête** cela cause des maux de tête –

Bon, mettons trois rouleaux pour les plafonds, ou même quatre, et je compte large ... Disons onze rouleaux en tout, ça devrait être à peu près ça ... Pour la peinture, on prend un seau de cinq kilos, on en a largement ...

Georges Moi, bien sûr, ça me changerait, je serais bien content d'être au propre, mais d'un autre côté, ça m'ennuierait de te prendre toutes tes journées ...

Paul Huit jours, qu'est-ce que c'est ...

Georges Aller coucher chez toi, en plus ...

Paul Ce n'est pas la question ... Le plus gros, c'est de ranger, de débarrasser, que la pièce soit à peu près vide, qu'on puisse travailler sans être gêné.

Georges Ça, je peux le faire.

Paul On le fera tous les deux. Il n'y a pas grand-chose à enlever.

Georges Mon lit.

Paul On le démonte.

Petit temps.

Georges Bon, ben, je te remercie ...

Paul Tu veux rire ...

Georges Si, ça me plaira bien une fois refait ... J'y avais déjà pensé ...

Paul Tu iras choisir ta tapisserie. Je t'emmènerai.

Georges Entendu.

Tonnerre très lointain.

Georges Il ne tombe plus une goutte, je parie?

Georges va sur la loggia et revient.

Georges Si, il pleut encore un peu ... *(Il regarde la pièce. Temps bref.)* Tu sais, quand ce sera propre, j'en profiterai pour changer mon lit de place.

Paul Tu veux le mettre où?

Georges Au milieu, j'aimerais mieux. Ça laisserait de la place de chaque côté.

intoxiquer rendre malade (se dit du gaz, p. ex.) – 21 **il y en a pour trois jours** cela va durer trois jours – 26 **encombrer qn** le gêner, le déranger – 27 **autant en profiter** ... il vaut mieux en profiter ... – 32 **un rouleau** un rouleau de papier peint – 35 **compter large** compter en exagérant volontairement – 37 **on en a largement** on en a suffisamment – 38 **être au propre** vivre dans un appartement remis en état, refait – 57 **je parie** je suis sûr

Paul Oui, si tu veux.

Georges Et on ne pourrait pas mettre une sorte d'éclairage, juste au-dessus de la tête? C'est pour le soir, quand je lis ...

Paul Si, pourquoi pas? Qu'est-ce que tu voudrais? Un tube?

Georges N'importe quoi ... Une lumière ... Un tube en long, tu veux dire? ...

Paul Oui, sur le mur.

Georges Avec un fil?

Paul Un fil qu'on tirerait. On le fait courir le long de la plinthe et on le fait remonter. A moins que tu aies une prise à côté?

Georges Non, il n'y en a pas.

Paul Alors, on se sert de celui de ta lampe, c'est simple.

Georges Ou une applique, au lieu du tube?

Paul Comme tu veux. L'installation est la même.

Georges Un peu comme ce qu'on avait à la maison, dans notre chambre, ta mère et moi ...

Paul C'étaient des appliques, de chaque côté du lit. Ici, on en met une seule, au milieu. J'ai du fil, j'en apporterai. *(Temps très bref.)* Tu as un escabeau?

Georges Ah, non.

Paul J'en ai un.

Georges Je vais te faire trimballer tout ça ...

Paul Dans la voiture, ce n'est rien ...

Georges Tu es vraiment gentil, Paul ... *(Paul hausse les épaules.)* Si, si ... Je me rends bien compte, va ... *(Petit temps.)* Et ta femme ne dira rien?

Paul Qu'est-ce que tu veux qu'elle dise?

Georges Comme tu es en vacances, je ne sais pas, je ne voudrais pas qu'elle croie que ...

Paul Elle m'a quitté.

Temps. Georges regarde son fils. Il esquisse dans sa direction un geste de la main, puis se ravise et reste là, emprunté. Paul qui avait les yeux baissés les relève et regarde son père.

Paul Eh, oui ...

4 **un tube** un tube au néon – 10 **une prise (de courant)** là où l'on place le bout du fil d'un appareil électrique pour faire fonctionner ce dernier – 13 **une applique** lampe fixée au mur – 19 **un escabeau** petite échelle pliante, à larges marches – 22 **trimballer** *fam* transporter – 24 **hausser les épaules** les lever et les rabaisser

Petit temps.

Georges Je ne sais pas quoi te dire, moi ...

Petit temps.

Paul Ah, qu'est-ce que tu veux ...

Paul va s'asseoir dans le fauteuil de son père. Temps.

Georges Elle t'a quitté ... quitté?

Paul fait oui de la tête. Petit temps.

Paul Hier.

Petit temps.

Georges On ne part pas comme ça ... Elle va peut-être revenir? ...

Paul Crois pas ... *(Temps.)* Et puis, je te dirai que je m'en fous ... Je n'ai pas tellement envie qu'elle revienne ... *(Petit temps.)* Je ne voulais même pas te le dire, d'ailleurs ...

Paul prend machinalement une cigarette dans le paquet sur le guéridon. Il la tient entre ses doigts et fixe son regard dessus. Petit temps.

Georges Elle est allée où? Tu le sais?

Paul Chez une amie, soi-disant ...

Temps. Georges va s'asseoir sur la chaise à côté de son fils.

Georges Il ne faut peut-être pas voir le pire ... Ça va peut-être s'arranger ...

Paul secoue négativement la tête.

Georges Les femmes, tu sais ...

Paul Oh, ce n'est pas d'aujourd'hui ... Il y a un bon moment que ça n'allait plus ...

Georges Les disputes, c'est partout. On se chamaille, et puis on finit par se raccommoder ...

pour marquer divers sentiments – 31 **esquisser un geste** commencer à le faire – 32 **se raviser** annuler une décision que l'on avait prise – **emprunté, e** embarrassé, ne sachant quelle attitude prendre – 45 **je m'en fous** *fam* ça m'est égal – 52 **soi-disant** paraît-il, d'après ce qu'elle a dit (mais j'en doute) – 60 **se chamailler** *fam* se disputer, se quereller – 61 **se raccommoder** *fam* se remettre d'accord

Paul Mais on ne se disputait même pas, on ne se disait plus rien … C'est un caractère … tu ne peux même pas arriver à savoir ce qu'elle veut … Tu as beau te mettre en quatre, tu as beau faire des efforts dans tous les sens, tu n'arrives à rien, tu ne peux pas la comprendre … Elle n'est jamais contente … *(Petit temps.)* Il y a six mois, déjà, elle a voulu partir … On s'est expliqué, bon, j'ai cru qu'on avait raccroché … et puis, résultat, voilà … *(Petit temps.)* C'est peut-être aussi bien comme ça, tu me diras … *(Petit temps).* De toute façon, qu'est-ce que tu veux faire?

Georges se lève, fait quelques pas dans la pièce, regarde son fils qui lui tourne le dos. On le sent maladroit. Temps.

Georges Je te demande ça … elle avait quelqu'un …

Paul Je crois, oui.

Georges revient s'asseoir. Paul jette sur le guéridon la cigarette que Georges ramasse et qu'il tourne lui aussi entre ses doigts. Temps.

Georges Tu aurais dû m'en parler …

Paul Je ne venais même plus te voir … *(Petit temps.)* Avec elle, si je l'avais écoutée, il n'aurait plus fallu que je voie les gens que je connais … Même pas toi … Tu as bien dû t'en apercevoir, tu es venu deux fois à la maison … En trois ans! … *(Petit temps.)* Enfin, bon …

Paul se lève, et son père après lui qui jette la cigarette sur le guéridon.

Georges Qu'est-ce que tu vas faire?

Paul hausse les épaules d'impuissance. Petit temps. Il regarde son père.

Paul Surtout, ne te mets pas martel en tête … Ça va aller … Il fallait bien que tu sois au courant …

Temps. Ils ne savent que dire.

3 **se mettre en quatre** employer toute son énergie, se donner beaucoup de mal pour aider qn – 7 **raccrocher** *fam* se remettre d'accord, recommencer à s'entendre – 9 **de toute façon** quoi qu'il en soit – 27 **l'impuissance** *f* sentiment de celui qui sait

Georges Si je peux faire quelque chose ...

Paul Tu vois bien ... c'est ici que je suis venu ... *(Temps très bref.)* Non, on va retapisser, ça me fera une occupation.

Paul va s'asseoir sur le bord du lit où il se laisse tomber.

Paul C'est comme ça, c'est comme ça ... *(Temps très bref.)* Je ne peux pas dire que je n'ai pas essayé d'arranger les choses, je te jure, j'ai fait le maximum ... *(Temps très bref.)* J'ai sûrement des défauts, je ne discute pas, mais si elle y avait mis un peu du sien, ça aurait pu marcher quand même, je ne suis pas compliqué, moi, je ne demande pas la lune ... *(Temps très bref.)* On ne devait pas être faits pour aller ensemble, il faut croire ... *(Paul se lève.)* Bon, tu veux peut-être te coucher, non?

Georges Ne t'inquiète pas de ça.

Petit temps.

Paul De toute façon, ça ne sert à rien d'en parler. Il n'y a rien à dire ... *(Temps très bref.)* Je vais rentrer. Je viendrai demain.

Paul se dirige vers le couloir. Au moment où il va l'atteindre, son père lui dit:

Georges Si tu veux rester, tu peux ...

Paul s'arrête, hésitant.

Paul Oui, je sais bien, merci ...

Devant son indécision, Georges insiste chaleureusement.

Georges On s'arrangera, ça ne me gêne pas, je t'assure ...

On devine chez Paul son désir de rester.

Paul Ce n'est pas ça, mais tu vois, je n'ai pas envie de retourner là-bas ...

Georges Alors, reste, on se débrouillera ... Ce ne sera pas la première fois qu'on couchera dans le même lit ...

qu'il ne peut rien faire dans une certaine situation – 29 **se mettre martel en tête** se faire du souci – 39 **je ne discute pas** *fam* je l'avoue, j'en conviens – 41 **demander la lune** demander l'impossible – 54 **l'indécision de qn** *f* le fait qu'il n'arrive pas à se décider – **chaleureusement** *contr. de*: avec froideur, sans enthousiasme

Georges va chercher son fils et le conduit en lui posant sa main sur l'épaule jusqu'au fauteuil.

Georges Allez, va t'asseoir, va ...

Paul Je n'aurais pas voulu t'ennuyer ...

Georges Personne ne te dit que tu m'ennuies ...

Paul s'assied.

Georges Tu veux boire quelque chose? J'ai du sirop ...

Paul Non, plutôt un peu d'eau, si tu veux ...

Georges va à la cuisine. Bruit de l'eau qui coule un instant. Georges revient, le verre d'eau à la main. Il l'apporte à Paul qui le prend, mais avant de boire il regarde son père qui est debout devant lui.

Paul C'est quand même con, quoi ...

Georges *(il a un léger haussement d'épaules)* Eh ...

Textes complémentaires

1. La pièce vue par son auteur

«Tu as bien fait de venir, Paul» a été créé au théâtre du Petit Odéon, à Paris, le 30 mars 1981, dans une mise en scène de Jean-Pierre Miquel. Voici un extrait du programme du spectacle.

Le *Théâtre intimiste* de Louis Calaferte – qui fait l'objet du volume publié chez Stock – est exemplaire dans son itinéraire. En effet, à partir de *Chez les Titch,* Calaferte a opéré un épurement progressif, un «grattage à l'os», qui aboutit avec *Tu as bien fait de venir, Paul* à une extrême simplicité qui frise la non-théâtralité. Grâce à une rigueur et à une acuité d'écriture, qui furent toujours les siennes, on est ici en face d'une authentique réalité, qui n'a jamais été cernée d'aussi près.

Je ne peux, pour cette courte présentation, analyser mieux cette œuvre que ne le fit l'auteur lui-même dans une lettre écrite au moment de la préparation du spectacle:

«C'est une relation quotidienne qui est ici exposée sans que les personnages aient l'ambition d'y mêler autre chose que leur habituel comportement. Simplicité et naturel, avec la gêne pudique qui se glisse dans cette relation, compte tenu des arriérés de la vie commune, voilà qui devrait être l'objectif des comédiens du début à la fin.

De la sorte, *réalité* n'est pas *réalisme,* cette vue purement intellectuelle; car il ne nous viendrait pas à l'idée de penser que nous vivons tous chaque jour du réalisme dans nos activités et nos échanges de sentiments, bien que nous sachions que nous sommes dans un réel. Cette nuance importe au sens interprétatif de la pièce.

L'image comique qui s'inscrit en filigrane dans le texte ressortit à la situation de banalités dont les personnages n'ont pas conscience, et qui leur permet d'accorder une importance exagérée à de menus faits sur lesquels ils établissent une sorte d'incessant répétitif. (...) Rien n'y doit être forcé. C'est la conviction de l'importance du fait matériel chez les comédiens qui doit faire sourdre à la scène cette drôlerie. Il y a là une mécanique calquée sur celle, élémentaire, de la simplicité des esprits qu'occupent presque exclusivement les phénomènes extérieurs – intempéries, nourriture, aspects anecdotiques, etc. En cela, l'opposition avec le fait psychologique central de la pièce en accentue le dramatique ambiant et final. C'est en cela également que se situe la gradation.»

C'est dans cet esprit, avec beaucoup d'humilité, que nous avons essayé – les comédiens, le décorateur et moi-même – de porter ce texte à la scène.

Jean-Pierre Miquel, *Programme du Petit Odéon*, 30 mars–30 avril 1981

5 **l'itinéraire (d'un écrivain)** *m* l'évolution de sa pensée, de sa façon d'écrire – 6 **l'épurement** *m* action de rendre de plus en plus pur, de plus en plus simple – **un grattage à l'os** fait de mettre un os complètement à nu (*ici, au sens figuré*) – 8 **friser qc** l'atteindre presque – **la rigueur** l'exactitude – **l'acuité** *f* [lakɥite] la précision – 10 **cerner qc** le déterminer, le définir, le décrire – 15 **avoir l'ambition de** avoir le désir de, avoir pour but de – 17 **compte tenu de** à cause de – **les arriérés** *m* les choses qui se sont passées avant – 24 **s'inscrire en filigrane** apparaître entre les lignes – 26 **menu,e** de peu d'importance, de peu de valeur – 27 **incessant,e** qui ne cesse pas, ne s'arrête pas – **un répétitif** un refrain, un leitmotiv – 28 **la conviction de** le fait d'être convaincu de, de croire fermement à – 29 **sourdre** monter à la surface, apparaître lentement – 30 **calquer sur** imiter, reproduire de façon exacte – 32 **les intempéries** *f* le mauvais temps (vent, pluie, orage, etc.) – 34 **ambiant,e** qui concerne *l'ambiance; f:* l'atmosphère dans laquelle se déroule la pièce – **la gradation** la progression (dramatique)

1. *A qui la lettre de Calaferte s'adresse-t-elle?*
2. *Qu'est-ce qu'on entend généralement par «réalisme» en littérature? Pourquoi Calaferte oppose-t-il, par conséquent, «réalité» et «réalisme» (19)?*
3. *Quelles sont les autres idées qui se dégagent de la lettre de l'auteur?*

2. Le Tube, pièce de Françoise Dorin (extraits)

A. Dialogue de sourds

Benoît, professeur d'histoire, a essayé, pendant quinze ans, de publier un roman – en vain, car le manuscrit a toujours été refusé. Un jour, il réussit enfin à faire accepter son livre par une maison d'édition et le voilà, en face de nous, lisant, tout fier de son succès, le contrat qu'il vient de signer. Il est assis sur un banc, dans un square.

Benoît (*lisant*) «M. Benoît Larose, désigné ici comme auteur … L'auteur garantit la jouissance du droit d'édition … L'auteur déclare sous la foi du serment … L'auteur …

Un homme du même âge que Benoît entre dans le square. Il a une serviette sous le bras. Il est professeur d'anglais au même lycée que Benoît. C'est son ami de toujours: Michel.

Michel (*apercevant Benoît plongé dans son contrat*) Benoît! Mais qu'est-ce que tu fais là? J'allais chez toi.

Benoît Ah bon?

Michel Mais oui, j'ai bâclé la fin de mon cours pour ne pas te manquer à la sortie du tien, mais tes élèves m'ont dit que tu n'étais pas venu, que tu étais malade.

Benoît Non, j'ai raconté un bobard au proviseur, j'avais besoin de mon après-midi. Mais c'est gentil de t'être inquiété.

Michel Ce n'est pas tellement que je m'inquiétais, mais j'avais absolument besoin de te parler.

Benoît Ça tombe bien, moi aussi. J'allais t'appeler en rentrant chez moi.

Michel Mais pourquoi tu ne rentrais pas?

Benoît Je prenais l'air. J'avais envie de respirer, de regarder le ciel, d'écouter le bruit de la ville, de me sentir vivre en quelque sorte!

Michel Eh bien, mon pauvre Benoît, moi depuis ce matin, je me sens plutôt mourir à petit feu.

Benoît Allons bon! C'est bien ma veine!

Michel Comment: c'est bien ta veine? Tu as du culot! C'est moi qui ai des ennuis et c'est toi qui te plains!

Benoît J'aurais tant voulu te trouver avec l'esprit libre, disponible et libérer enfin ce trop-plein que j'ai dans le cœur!

Michel Eh bien, moi, c'est un vide, un vide immense! Si tu savais comme j'ai besoin de toi! …

Benoît Je sais. Moi aussi.

Michel Je suis malheureux. Comme jamais je ne l'ai été.

Benoît Moi, je suis heureux. Comme jamais je ne l'ai été.

Michel Je suis seul.

Benoît Moi aussi.

Michel C'est affreux de souffrir seul.

Benoît C'est affreux de se réjouir seul!

Michel Ma mère qui donnerait sa vie pour moi …

Benoît ... Ne te comprend pas!

Michel Mon frère, qui a partagé mes joies et mes secrets depuis toujours ...

Benoît Ne te comprend pas!

Michel Ma fille est mariée ... à Dakar.

Benoît ...Et ne te comprendrait pas davantage. Quant aux autres, ils ne chercheront même pas à te comprendre.

Michel Tu vois, toi, Benoît, tu me comprends! Tu peux m'aider.

Benoît Je ne crois pas.

Michel Ecoute-moi, au moins.

Benoît C'est dur d'écouter quand on ne peut pas se faire entendre!

Michel C'est fou, au moment de te parler, je m'aperçois que ce chagrin, qui fait tant de vacarme dans ma tête, ce raz de marée qui balaye tout dans ma vie depuis ce matin, peut se résumer en quatre mots: Ma – femme – est – partie.

Benoît Oui, mon bonheur aussi est contenu dans quatre mots: Mon livre est accepté.

Michel *(pensant à sa femme)* C'est incroyable!

Benoît *(pensant à son livre)* Incroyable!

Michel *(pensant à sa femme)* Tu ne t'y attendais pas non plus?

Benoît *(pensant à son livre)* Pas du tout!

Michel *(pensant à sa femme)* Tu penses, au bout de vingt ans! ...

Benoît *(pensant à son livre)* Ah non! Pas vingt ans, quinze seulement, mais ça représente déjà beaucoup de patience.

Michel Mais non, tu te trompes. Ça fait bel et bien vingt ans. On a fêté notre anniversaire en septembre dernier.

Benoît Ah! tu parlais de ta femme?

Michel Evidemment! De quoi voulais-tu que je te parle?

Benoît De mon livre!

Extrait de Françoise Dorin, *Le Tube,*

un «**tube**» [tyb] *fam* une chanson à succès – 7 **la jouissance du droit d'édition** le fait, pour l'éditeur, d'avoir le droit de publier un certain livre – 8 **sous la foi du serment** en appuyant ses déclarations sur un serment – 15 **bâcler qc** *fam* le faire trop vite, sans soin – 18 **un bobard** *fam* un mensonge, une fausse excuse, une fausse explication – 30 **la veine** *fam* la chance; **c'est bien ma veine!** je n'ai vraiment pas de chance! – 31 **avoir du culot** [kylo] *fam* être impertinent, insolent – 57 **le vacarme** tumulte, grand bruit – **un raz de marée** [rɑdmare] énorme vague pouvant atteindre de 20 à 30 m de hauteur, qui s'avance dans les terres et détruit tout sur son passage

1. *Qu'est-ce qu'un dialogue de sourds? Dans quelles circonstances un tel dialogue peut-il naître?*
2. *Dans quelle mesure le titre de ce texte est-il justifié?*
3. *Ce texte comporte des éléments tragiques, mais aussi des aspects comiques. Essayez de justifier cette affirmation et d'analyser les effets que peut produire cette ambivalence sur le spectateur.*
4. *En quoi le dialogue entre Georges et Paul diffère-t-il de celui qui nous est présenté ici?*

B. Pudeurs

Laurent, fils de Benoît, a, contrairement à son père, tous les succès que l'on puisse espérer: il a composé un «tube» qui, dès qu'il a été lancé sur les ondes, a battu tous les records de vente. A la grande déception de Benoît, tout le monde l'envie d'avoir un tel fils et personne ne fait plus attention à son roman qui vient de paraître.

Benoît	J'ai été très déçu parce que les gens que j'aimais, estimais le plus: ma mère, ma sœur, toi, vous avez laissé ma joie sans écho. Elle s'est perdue dans le désert de votre indifférence.
Laurent	Pendant que tu y es, tu crois peut-être aussi que je suis plus fier de ma littérature que de la tienne?
Benoît	*(surpris)* Tu es fier de ce que j'ai écrit?
Laurent	C'est ça! dis tout de suite que ça t'étonne!
Benoît	Un peu, je l'avoue. Tu ne m'as jamais parlé de mon livre.
Laurent	Ah! ce n'est pas vrai!
Benoît	Oui, pardon. Un jour tu m'as dit que c'était «vachement chouette». Mais comme tu dis ça aussi bien d'une moto, d'un pull-over ou d'un solo de trompette ... il m'a été difficile de voir là l'expression de ta fierté filiale.
Laurent	Tu sais bien que je n'aime pas parler!
Benoît	Pour une fois, tu aurais quand même peut-être pu faire un effort!
Laurent	J'ai essayé, ça ne sortait pas! Cent fois, j'ai préparé mes phrases et puis au moment de les prononcer ... impossible!
Benoît	Allons! Laurent, quand on veut, on peut.
Laurent	Non, moi, je ne pouvais pas te dire que ...
Benoît	Quoi?

Laurent	*(éclatant tout d'un coup)* ... que j'avais pleuré comme un con en lisant ton livre, que je l'ai fait lire à tous mes copains, et que, même ceux qui ne lisent que les bandes dessinées, ils l'ont trouvé aussi fantastique que moi, et que depuis ils m'envient tous d'avoir un père comme toi, un père qui m'a aimé et compris au point de raconter mon enfance comme s'il avait été dans ma propre tête, qui a deviné mes pensées les plus cachées, traduit mes réactions les moins claires, un père qui m'a expliqué à moi-même ce que j'avais été, un père qui a dit tout ce que j'aurais voulu dire et que je n'aurais jamais su dire.
Benoît	Laurent ...
Laurent	*(agressif par pudeur)* Ben quoi! ...
Benoît	*(après un temps)* Tu as raison ... Il y a des moments où l'on ne peut pas parler.
Laurent	*(même jeu)* Ah! tu vois ...
Benoît	Je t'écrirai ... un autre livre.

Extrait de Françoise Dorin, *Le Tube*, © *L'Avant-scène*, 1er octobre 1975

4 **envier qn** souhaiter avoir/regretter de ne pas avoir qc qu'il possède – 9 **pendant que tu y es** puisque tu es en train d'en parler – 15 **vachement** *très fam* très, beaucoup – 16 **chouette** *pop* bien, bon – 18 **filial,e** se dit de ce qu'un enfant éprouve pour ses parents – 29 **une bande dessinée** une série de dessins qui racontent une histoire (ex.: Astérix)

1. *Laurent a dit à son père que le livre publié par ce dernier était «vachement chouette» (15–16). Que voulait-il dire? Comment Benoît, lui, a-t-il interprété cette expression?*
2. *Commentez la dernière phrase du dialogue: «Je t'écrirai ... un autre livre.»*
3. *Comparez le dialogue Georges-Paul (p. 44 à 48) au dialogue Laurent-Benoît.*

3. Le Cœur sur la main, pièce de Loleh Bellon (extrait)

Le living-room d'un appartement bourgeois. Très clair, plein de fenêtres, de plantes vertes, de livres. A la cour, une loggia praticable. Sous la loggia, une bibliothèque avec des placards en bas – où l'on peut ranger la vaisselle – et des espaces, en haut, pour les objets. Il y a le coin de Geneviève, avec le panneau où elle accroche ses reproductions et la petite table – qui se replie – sur laquelle elle travaille.
Jacques et Geneviève sont assis l'un en face de l'autre. Au milieu du repas. Elle se lève pour aller chercher une bouteille d'eau minérale dans la cuisine. Il la suit des yeux. Dans le silence. Elle revient, se rassied, toujours sans le regarder. Les temps sont «à la limite».

Jacques Tu aurais pu me demander. *(Elle se verse un verre d'eau et boit une gorgée. Puis continue à manger. Il lui tend un plat.)* Tu en veux?

Geneviève Non, merci.

Jacques Je te fais dîner tôt, excuse-moi.

Geneviève Je t'en prie.

Silence. Il se ressert.

Jacques Excellent. Ces haricots sont cuits à la perfection. Al dente. *(Silence.)* A la fin de ma consultation, une femme est entrée dans mon cabinet. Une paysanne, forte, dans les 50 ans. J'ai commencé à l'examiner. «C'est là que ça me prend, docteur, à gauche.» – «Là?» – «Oui, docteur. Il paraîtrait que ce serait la rate ...» – «Dans ce cas, et si je puis me permettre, vous auriez intérêt à consulter un hématologue, madame. Je ne suis que gynécologue, désolé.» – «Ah? Parce que vous faites pas la rate?» – «Non, madame, je ne fais pas la rate. Elle n'est pas dans mes cordes, si j'ose dire ... *(Aucune réaction de Geneviève.)* Bon. *(Silence. Il consulte sa montre.)* Sept heures moins le quart, j'ai encore le temps. *(Silence.)* Est-ce que je prends mon smoking? S'il y a une soirée un peu tsoin-tsoin, pour la clôture du congrès ... Mon intervention, je la ferai en gris, avec une chemise bleue. Dans ces pays en voie de développement, ils sont particulièrement chatouilleux question cravate ... L'occidental se déguise en sauvage, les gens du Tiers-Monde en P.D.G. ... Qu'est-ce que tu as?

Geneviève Moi? Rien.

Silence. Il finit ce qu'il a dans son assiette et se lève.

Jacques J'apporte la salade?

Geneviève Il n'y en a pas.

Jacques Ah bon. *(Il met le fromage sur la table. Lui tend le plat. Elle fait non de la tête et allume une cigarette. Il se sert de fromage.)* Veux-tu un fruit?

Geneviève Non, merci.

Jacques *(regardant autour de lui)* Où sont-ils?

Geneviève Je n'en sais rien.

Jacques Consuelo n'en a pas acheté? *(Il prend une pomme, la seule, sur le plat à fruits.)* Déjà, hier, il ne restait que cette vieille pomme pourrie. Elle aurait pu acheter du raisin. Nous avons les moyens de nous payer un kilo de raisin, non? Non?

Geneviève Achète-le.

Jacques Je rentre trop tard.

Geneviève Tu n'as qu'à rentrer plus tôt.

Jacques Dis-le à mes malades. Je n'arrive jamais à quitter mon cabinet avant huit heures. *(Silence.)* A quoi sert d'avoir une femme de ménage?

Geneviève Qui te dit que nous avons une femme de ménage?

Jacques Et Consuelo? Ce n'est pas une femme de ménage, Consuelo?

Geneviève Elle est partie, Consuelo.

Jacques Partie? Où ça?

Geneviève A la casa.

Jacques Au Portugal?

Geneviève Pas en Nouvelle-Guinée.

Jacques Et c'est pour ça que tu fais la tête?

Geneviève Malin.

Silence.

Jacques Qu'est-ce qu'il lui est arrivé encore? Une sciatique? Un rhume? Une orchite double?

Geneviève Sa fille.

Jacques Quoi, sa fille?

Geneviève La vésicule.

Jacques *(explosant)* Ça te fatiguerait beaucoup de construire une vraie phrase? Avec un sujet, un verbe, un complément? Depuis une heure, j'ai droit au masque. Qu'est-ce qu'il y a?

Geneviève Mais rien!

Un temps.

Jacques Tu as des problèmes avec ton émission?

Geneviève Pas du tout, pourquoi?

Jacques Vous avez terminé le Rembrandt?

Geneviève Oui.

Jacques Tu a les dates de programmation?

Geneviève Non.

Il regarde un panneau où sont accrochées des reproductions de Rembrandt, dont un auto-portrait vieux et un tableau représentant sa femme.

Jacques Sublime. Ce qui est beau, en art, dans tous les arts, c'est le dépassement. Cette chair, ce qu'il y a en elle de désespéré, de mortel. Cette interrogation. Cet équilibre entre le spirituel et le … *(Il cherche le mot.)*

Geneviève … le cul.

Jacques Pardon?

Geneviève Le cul!

Jacques Je ne vois pas le rapport.

Geneviève Moi très bien. Ne me regarde pas comme ça, tu m'énerves. Ce que tu peux m'exaspérer quand tu prends ton air innocent!

Jacques De quoi suis-je coupable?

Geneviève *(explosant enfin)* Quatre coups de téléphone, ce matin. «Allo? Je suis bien chez le docteur Fourestier?» Et quand elle entend ma voix, elle raccroche. Tu trouves ça agréable, toi?

Jacques Mais qui, elle?

Geneviève Ne me prends pas pour une imbécile, veux-tu? Si tu crois que je ne m'aperçois pas de tes manèges … Cette manie de faire la roue dès que tu aperçois une paire de fesses! A ton âge … ça devient grotesque.

Jacques Je te remercie de ta délicatesse.

Geneviève Hier encore, avec cette ethnologue.

Jacques Chez Tatiana? J'étais à côté d'elle à table. Qu'est-ce que tu voulais que je fasse? Que je lui crache à la figure?

Geneviève Et la malheureuse à ta droite? Elle a séché pendant deux heures.

Jacques Une idiote absolue.

Geneviève Comment le sais-tu? Tu ne lui as pas adressé la parole.

Jacques Je ne connais même pas son nom, à ton ethnologue.

Geneviève Eliane.

Jacques Première nouvelle.

Geneviève Eh bien, je te prie de croire qu'elle, elle l'a retenu, ton nom. Je la vois d'ici se précipiter sur le bottin ... Tu ne l'as pas quittée des yeux de la soirée. *(Un temps. Elle rumine.)* D'ailleurs, j'ai reconnu sa voix. Une petite voix acidulée de fausse ingénue perverse.

Jacques Et si c'était une malade?

Geneviève Une malade ne raccroche pas quand elle entend ma voix. Et puis dans la journée, tes malades appellent à ton cabinet, pas ici.

Jacques Tu sais que tu es complètement folle ... Ce n'est tout de même pas ma faute si le téléphone ne marche pas! Cela ne t'arrive jamais d'être coupée quand tu essayes d'obtenir un numéro?

Geneviève Pas quatre fois de suite, non.

Jacques Justement. Pourquoi veux-tu que cette pauvre Eliane, puisque c'est son nom, appelle quatre fois de suite et raccroche quatre fois de suite en entendant ta voix?

Geneviève Pour m'emmerder. Elles adorent! *(Jacques rit.)* Je ne plaisante pas. C'est ce qu'elles préfèrent: vous piquer à une autre. Parfaitement! Et plus elles apprécient l'autre, moins elles font de manières ...

Jacques *(souriant)* Alors là, je dois dire que tu me facilites singulièrement la tâche.

Geneviève Très drôle.

2 **à la cour** *au théâtre:* côté cour = sur le côté droit de la scène (pour le spectateur) – 3 **praticable** où les acteurs peuvent aller – 7 **(une table) qui se replie** que l'on peut abaisser ou relever contre le mur – 12 **«à la limite»** d'une longueur à la limite du supportable pour le spectateur – 19 **se resservir** se servir de nouveau – 20 **al dente** [aldɛntɛ] *italien* juste comme il faut, exactement comme il convient – 21 **la**

consultation les heures pendant lesquelles un médecin reçoit ses malades – 23 **c'est là que ça me prend** c'est là que ça me fait mal – 25 **la rate** organe de la digestion qui produit l'insuline – 26 **un hématologue** [œnematɔlɔg] spécialiste des maladies du sang – 27 **un gynécologue** [ʒinekɔlɔg] spécialiste des maladies de la femme – 28 **elle n'est pas dans mes cordes** *fam* elle n'est pas de mon domaine, de ma compétence – 32 **tsoin-tsoin** [tswɛ̃tswɛ̃]*fam* snob, chic – 33 **une intervention** un exposé, une conférence – 34 **un pays en voie de développement** un pays pauvre (du Tiers-Monde) et peu industrialisé – 35 **chatouilleux, euse** qui se vexe, s'offense facilement – 36 **se déguiser en** s'habiller de façon à ce qu'on ressemble ensuite à qn d'autre – 37 **un P.D.G.** = président-directeur général: président du conseil d'administration et directeur général d'une entreprise – 50 **pourrir** se décomposer, devenir mauvais – 62 **à la casa** à la maison, dans son pays (mélange de français et de portugais/d'italien) – 65 **faire la tête** manifester de la mauvaise humeur par son attitude, son silence – 66 **malin, maligne** habile, rusé, intelligent – 68 **une sciatique** [sjatik] douleur violente que l'on éprouve dans toute la jambe, à partir de la taille – 69 **une orchite** [ɔrkit] maladie qui atteint un des organes sexuels de l'homme (*ici, humour: il est question d'une femme*) – 72 **la vésicule** [vezikyl] organe de la digestion – 75 **j'ai droit au masque** *fam* tu me fais la tête, tu m'imposes ta mauvaise humeur – 88 **le dépassement** le fait d'aller toujours plus loin, toujours plus haut – **la chair** substance qui constitue les muscles de l'homme, de l'animal – 91 **le cul** [ky] *vulg* la sexualité – 96 **exaspérer qn** le mettre en colère, l'énerver – 103 **un manège** fait de se conduire de manière habile et rusée pour parvenir à son but – **faire la roue** se donner de l'importance pour faire de l'effet sur les femmes – 104 **une paire de fesses** *f* un postérieur (= un derrière) de femme – 110 **sécher** s'ennuyer beaucoup – 118 **le bottin** gros livre qui contient des numéros de téléphone – 119 **ruminer** tourner et retourner une idée dans sa tête – 120 **acidulé,e** piquant, mordant – **ingénu,e** naïf, simple – 134 **emmerder qn** *vulg* l'embêter, l'ennuyer – 135 **piquer** *pop* prendre, voler – 136 **apprécier qn** l'estimer, l'aimer bien – **faire des manières** se faire prier – 138 **faciliter qc** le rendre plus facile

1. *Geneviève est de mauvaise humeur. Elle boude. Comment Jacques essaie-t-il de meubler les silences?*
2. *Peut-on considérer qu'il y a, dans cette scène, un véritable dialogue entre les deux personnages? Pourquoi?*
3. *Le ton monte progressivement, jusqu'à l'explosion: «Quatre coups de téléphone, ce matin.» (98). Analysez le comportement des deux personnages avant et après cet éclat.*
4. *Jacques donne-t-il l'impression d'avoir mauvaise conscience? Justifiez votre réponse.*
5. *La jalousie de Geneviève vous paraît-elle justifiée? Pourquoi?*
6. *Indiquez les analogies et les différences qu'il y a entre ce dialogue et celui de Georges et Paul.*
7. *Paul rentre chez lui. Janine lui fait la tête. Imaginez et rédigez, sur le modèle du dialogue que vous venez de lire, une conversation entre Paul et Janine.*

4. Pensées secrètes

Après la mort de son époux, Marie se retrouve seule, en face de sa fille de dix ans, Constance. Elles passent l'été en Provence, où, attentives aux moindres événements de leur vie tranquille, elles discutent de tout et de rien. Un jour, Constance tombe malade. Marie, assise auprès d'elle, rêve tout en regardant la lune. Elle croit que Constance dort, mais elle se trompe.

«Que fais-tu là? dit Constance.

– Je regardais la lune ...»

Marie ne savait pas combien de temps avait passé, elle s'approcha de Constance et l'embrassa:

«C'est l'heure de dormir, dit-elle.

– Pas quand on a la fièvre ... tu veux qu'on parle jusqu'à ce que j'aie sommeil?

– Tu aimes la lune?

– Non, elle ne m'intéresse pas tellement, mais elle intéresse beaucoup les garçons ... moi, je préfère le soleil.

– Tu aimerais aller en voyage sur la lune?

– Non, moi j'irai en voyage de noces à Venise.

– Oui, mais tu n'iras pas qu'en voyage de noces, tu feras aussi d'autres voyages!

– Oui, mais mon plus beau voyage sera mon voyage de noces, alors c'est à lui que je pense.

– Et Venise, tu crois que c'est comment?

–C'est une ville où il y a des bateaux au lieu de voitures.

– Et c'est tout?

– Je ne sais pas puisque je n'y suis jamais allée.

– Mais qu'est-ce que tu imagines?

– J'imagine qu'il y a des bateaux et pas de voitures et qu'on peut se baigner partout ... on peut aller voir ses amis en nageant ou en prenant le bateau ... c'est plus marrant que l'autobus ...

– Tu sais, l'eau est très sale, on ne peut pas se baigner dans les canaux, on ne peut pas se mettre en maillot de bain et plonger.

– Je sais très bien qu'on ne se promène pas en maillot de bain dans une ville, mais je crois qu'il y a des canaux où on peut se baigner.

– Je t'assure que non.

– Je ne sais pas, je n'ai pas vu.

– Non, mais je te le dis.

– Oui, de ton temps c'était peut-être comme ça, mais quand j'irai ce sera peut-être autrement ... pourquoi est-ce que tu me regardes?

– Comme ça, pour rien ...

– On n'est pas belle, hein, quand on a la grippe?

– Ce soir tu es belle, c'est demain que tu auras l'air fatiguée.

– Vraiment, maintenant tu me trouves belle?

– Oui, parce que tu as la fièvre, ça donne des couleurs.

– Mais demain je ne serai plus belle?

– Demain il y a des chances pour que tu aies l'air fatiguée, plus fatiguée qu'aujourd'hui.

– Je ne voudrais pas que ma fièvre baisse ...»

Constance sortit la main de son lit et la tendit vers sa mère qui justement ne la regardait pas, elle tapa des doigts pour attirer son attention. Marie lui prit la main, l'enfant fut sur le point de la retirer, mais Marie la caressa.

«Reste encore près de moi, parlons ...

– Il faut que tu dormes.

– Dis, La Havane, c'est là où il y a Fidel Castro et Hemingway c'est un Américain, ils sont ennemis ... c'est lui le vieil homme?

– Non, ce n'est pas lui. Je t'emmènerai à La Havane et on fera une grande partie de pêche. Hemingway et Castro ont pêché ensemble, je crois qu'ils s'aimaient bien ... Hemingway est mort maintenant ... ce n'est pas lui le vieil homme ... le vieil homme c'est un pêcheur cubain.

– Et le petit garçon, il est Cubain aussi?

– Oui, tu te souviens, je te l'ai lu, c'est l'ami du vieil homme.

– J'aime bien avoir la fièvre ... on est au milieu de la nuit déjà?

– Non, il est dix heures et demie.

– Tu vois, quand je serai grande, je me coucherai très tard.»

Elle a presque autant de pensées secrètes que moi, pensa Marie. Nous voguons comme des icebergs, la conversation c'est ce qui flotte, le plus important est immergé ... elle a déjà compris ça.

«Tu veux que je te lise encore un peu, mais après tu dormiras, tu le promets?

–Oui, mais j'aimerais que tu mettes le disque de tout à l'heure, quand la musique est douce, tu sais, je ne sais plus comment tu appelles ça.

–Un adagio.»

Marie reprit sa lecture bien avant l'endroit où elle l'avait arrêtée. Constance ne remarqua rien. «Dans dix minutes elle se sera rendormie», se dit-elle.

Extrait de Anne Philipe, *Les Rendez-vous de la colline,* © *Le Livre de Poche,* n° 3149

30 **marrant, e** *pop* drôle, amusant – 55 **La Havane** capitale de Cuba – 56 **le vieil homme** personnage principal d'un roman de Hemingway: «The Old Man and the Sea» («Le vieil homme et la mer») – 61 **le petit garçon** autre personnage de ce roman – 67 **voguer** *litt* avancer sur l'eau – **un iceberg** [isbɛrg] masse de glace flottante, détachée d'un glacier polaire et dont les $4/5^{e}$ restent immergés – **flotter** rester à la surface de l'eau, ne pas s'enfoncer – 68 **immergé, e** plongé dans l'eau

1. *Est-ce que vous voyez un rapport entre ce texte et la pièce de Calaferte? Si oui, lequel? Si non, pourquoi?*
2. *Est-ce que les deux personnages du texte dialoguent véritablement? Justifiez votre réponse.*
3. *Expliquez la remarque de Marie: «Nous voguons ... immergé.» (66–68) et dites ce que vous en pensez.*

PONS
französisch deutsch
deutsch französisch
Kompaktwörterbuch Klett